Gran Canaria

KIMMO NURMI

Gran Canaria

© 2016 Kimmo Nurmi
Taitto: Books on Demand
Kustantaja: BoD – Books on Demand, Helsinki, Suomi
Valmistaja: BoD – Books on Demand, Norderstedt, Saksa
ISBN: 978-952-339-758-3

Kun tekemisestä tulee tarkoitus,
todellisuus saa uuden muotonsa.
Ilman pelkoa vilpittömyyden menettämisestä.

TAMMIKUUN NELJÄS

Olemme ukkosmyrskyn keskellä. Suurin osa kirkuu hysteerisesti. Osa kauhusta jäykkänä. Jotkut eivät ole välittävinään. Jättiläismäinen ihmiskoe, jossa primitiiviset vaistot pakotetaan esiin. Puristan vieressä istuvan naisen kämmentä ja katson silmiin.

Minä: "Olen puolellasi. Se riittää. Palaan pian."
Nainen: "Älä mene pois", hän sanoo itkuisena.

Nappaan turvavyön irti ja lähden kohti koneen etuosaa. Heittelehdin pitkin käytävää. Saan itseni kammettua eteenpäin metri metriltä. Lentoemäntä roikkuu ohjaamon oven kahvassa. Hänen kasvonsa ovat lamaantuneet. Muutama metri enää. Jos tämä ei onnistu, paiskaudun koneen perään. Hyppään muutaman askeleen eteenpäin ja saan otteen oikealla kädellä ovenkahvasta. Jaksan korkeintaan minuutin tässä asennossa.

Minä: "Rakas. Minun ei tarvitse päästä ohjaamoon. Anna mikrofoni."
Lentoemäntä: "Tässä. Se on päällä", nainen vaikeroi.

Otan mikrofonin. Enää kymmeniä sekunteja.

Minä: "Olemme muutoksen edessä."

Osa matkustajista kiinnittää huomion koneen etuosaan. Tiedäthän sen tunteen, jolloin kaikki ympärillä muuttuu epäolennaiseksi ja jalat pettävät alta. Mahdoton pilkkoa osiksi, koska kokonaisvaltaisuudessaan kaikki yritykset päättyvät abstraktiin mentaaliseinään. Ei ole muuta kuin se, johon hänen ei tarvitse millään tavalla samaistua olemassaolon syntymiseksi. Joillekin on tärkeä tulla sen kohteeksi. Toisille on tärkeä saada antautua vietäväksi. Vaarallinen ja euforinen rakastuminen, joka pahimmillaan tuhoaa kaiken. Puristusote ovesta on kirpoamassa.

Minä: "Kymmenen, yhdeksän, kahdeksan... yksi. Nyt!"

Irrotan otteen, napsautan sormiani ja annan meidän tippua. Salama iskee. Lennän selälleni lentokoneen lattialle, lento-emäntä makaa sylissäni ja tärisee. Aurinko suihkuaa ikku-noista ja eteneminen muuttuu tasaiseksi. Katselen ympärille. Ilmeisesti ei loukkaantuneita.

Minä: "Se on ohi. Voit jatkaa työtäsi. Haluaisin jäädä tähän, mutta on palattava paikalleni, jotta uskottavuutesi osana pe-lastushenkilökuntaa säilyy."

Asetan hänet istumaan lattialle ja kiedon viltin ympärille. Nousen ylös. Sydän hakkaa ja hoipertelen koneen takaosaan. Erotan itkuisia kasvoja, jotka katsovat hämmentyneinä. Olen menettämässä tajuntaani, kun saavun paikalleni.

Nainen vieressäni: "Miten teit sen?"
Minä: "En tiedä, joten voimme unohtaa sen. Sen sijaan voimme riisua Gran Canarian aseistaan. Antaa näyttää raa-dollisimman puolensa nopeasti todeten sen autonomisuu-dessaan onnistuvan. Objektiivinen tuomaristorivi nyökkää hyväksyvästi ja toteaa saaren yksimielisesti siirtyvän kor-keimmalle korokkeelle. Yleisön hurmiollinen taputus pian vahvistaa kansan rivien tuen valinnalle. Mikäli epäilty pyrki-

8

mys erottautua keskivertomatkailijasta pystytään näyttämään toteen, se itsessään kategorisoi tämän suureen ihmismassaan sulkien pois epätoivoisen sielun toivoman lopputuloksen. Sen johdosta hänet lukitaan muiden tuomittujen sekaan tyrmään, jossa teollinen kuorolaulu vaimenee kylmiin betoniseiniin. En toivo sellaista kohtaloa kenellekään."

Nainen: "Kuka te olette?"

Mies: "Laskeudumme pian. Saari kätkee sisäänsä salaisuuksia. Se on kuin paholaisen ja enkelin taianomaista tanssia, joka voi päättyä miten tahansa. Aion selvittää, mistä on kysymys."

HIEKKAMONTUT

Astun ulos Las Palmasin terminaalista. Lämmin tuulahdus tunkeutuu luuytimiin. Legendojen vilpittömät sielut juttelevat minulle. He, jotka raivasivat tien suomalaisten ystävällismieliselle uudisasutukselle. Kalevi Keihänen ja Keihäsmatkojen riemu, Irwin Goodman, Samppa Huominen ja monet muut. Aikakausi, jolloin suuntana olivat hiekkamontut ja lippakioskilta haettiin Rio Colaa hopeisilla markan kolikoilla. Vuosi 1986. Ehkä elämä on siellä nyt, missä kasettisoitin pyörii uutuuttaan ja innokkaimmat käyttävät kioskilta saadut vaihtorahat puhelinkoppiin. Ilma on sakeaa. Otan siitä pumpulimaisia tyynyjä käsiini. Puhallan tyynyt ilmaan, ja niistä muodostuu pilvettömälle taivaalle teksti "Suomalaisen matkailuhistorian ABC". Seuraavaksi on siirryttävä Puerto Ricoon. Autokuljetus odottaa. Vaaleansininen Opel Kadett on parkkeerattu sovittuun paikkaan terminaalin pohjoiskulmaan. Kuski seisoo auton ulkopuolella.

Mies näyttää mukavalta, mutta tosipaikassa pimittää tietoja. Ei syytä tuomita. Kaikki muutenkin muodostuu kaupankäynniksi. Intuitio, joka tulevaisuuden indikaattoreista vahvin, kertoo sen. Joskus sitä ei synny. Tällöin aiemmat tapahtumat nousevat arvoonsa. Mikäli historiatietojakaan ei ole käytettävissä, ei mitään ole tehtävissä. Astun autoon.
Kuski: "Palasit."
Minä: "Näin se on."
Kuski: "Menikö matka hyvin?"
Minä: "Pientä turbulenssia."
Kuski: "Mennään siis Puerto Ricoon?"
Minä: "Kyllä."

10

Kuski: "Kaiken sen jälkeen palaat. Miksi?"
Minä: "Mikään ei lopu koskaan."

Lähdemme GC-1-moottoritietä etelään. Vasemmalla Atlantin valtameri näyttäytyy jylhänä. Ohitamme pian Playa Del Inglesin, joka tulvii suomalaisia turisteja. Härmäläisten perustamia baarejakin on kymmenittäin: Kuparipannu, Mummola, Ryysyranta, Pataässä. Lisäksi on muita. Olen keskellä kuuminta sesonkia. Kadut ovat pullollaan ihmisiä. Iskelmälaulaja Samppa Huomisen kohtalo hiipii mieleen, kun ajamme kaupungin läpi. Raskassointuinen tapahtumaketju, joka päättyi traagisesti hotellihuoneeseen vuonna 1998. Ainoastaan elämä itsessään on tarpeeksi selittämätön kyetäkseen tuottamaan niin monitasoisen näytelmän. Viralliset tiedotteet asiasta olivat epämääräisiä. Huhumaailman vasaramylly takoi toinen toistaan värikkäämpiä tarinoita. Vielä 20 vuoden jälkeenkin tuon myllyn koneisto jatkaa toimintaansa. Pienemmillä tehoilla. Sampan läsnäoloa ei voi kiistää, kun taksi kiitää ohi Kasbahin ostoskeskuksen baarikeskittymän.

Minä: "Voidaanko käydä siellä?"
Kuski: "Koka-hotellilla?"
Minä: "Niin."
Kuski: "Käydään vaan. Oikeastaan olen tosi tyytyväinen, että tulit takaisin."
Minä: "Tunnemmeko jostain?
Kuski kääntyy ja katsoo minua silmiin. Niistä näkyy päällimmäisenä pettymys ja suru. Silmät kostuvat, ja hän kääntää katseen pois.

Minä: "Mukava tavata joka tapauksessa."

Kaarramme Koka-hotellin pihaan. Nousemme autosta.

11

Minä: "Jäädään tähän hetkeksi."
Kuski: "Siinä se on. Omalla paikallaan."
Minä. "Niinpä. Saanko lausua pari sanaa?"
Kuski: "Ole hyvä."
Minä: "Asetu viereeni rivimuodostelmaan."
Minä: "Asento!"

Asetumme vierekkäin ja kohdistamme katseet ylös hotelliin.
Otan taskustani paperiarkin ja lausun.

Sut mahdotonta nähdä on
mutta aina täällä tunnen sen
otteeseen toispuoleisen
kuolemasi koko saaren sai sen

Kerrotaan Ingelsin loisteen
sut hetkeksi valaisseen
Kasbahin portaille tänään istuneen
ne tarinoita on, mutta sun haamu totta on

Aina mielessäsi kutsua voit
kun rauhassa istahdat pois
Embasia järven huoltokopissa
kun odottelet, tunnet saapuvan sen
Sielun Samppa Huomisen

Aamu toi, ilta vei
Me Samppaa unohdeta ei
Aamu toi, ilta vei
Me Samppaa unohdeta ei

Jatkamme lasittunein katsein messua. Tupakka roikkuu kus-
kin huulilla, ja mies on saanut kasvohalvauksen. Kunnes se

12

tippuu miehen huulilta. Käännämme katseemme rytmissä alas. Tulipää muuttuu mustaksi ja savu hälvenee. Tilaisuus on päättynyt.

MIAMI BEACH CALLE JOAQUIN BLANCO TORRENT No 4, 323 35130 PUERTO RICO

Nostan matkatavarat autosta. Jään odottamaan Miami Beach - asuntolan eteen. Parinsadan metrin päässä kukkulalla siintää Holiday Clubin Puerto Calma -hotelli. Odotan Jeffiä. Kaljupäinen hahmo lähestyy horisontista. Hän kantaa kaksipesäistä kasettisoitinta mukanaan. Rauha kesti minuutin. Mies on parin sadan metrin päässä ja kävelee kohti rauhallisesti. Yhtäkkiä hän on edessäni. Otti valtavan harppauksen hetkessä. Otan tiukan oikean käden otteen.

Minä: "Loppua kohden tiukentuva puristus. Mitä kuuntelet tänään?"
Jeff: "Toisessa kasettiasemassa on Public Enemyn kokoelma ja toisessa Anthraxin ensimmäinen albumi. Lähdetään kuuntelemaan musiikkia?"
Minä: "Hieno tarjous, mutta ei mahdollista. Viimeksi se kesti neljä päivää. Musiikkitarinoiden valtameri on syvä."
Jeff: "Muistan hyvin. Menikö matka hyvin?"
Minä: "Turbulenssia. Montako paristoa tuo soitin vie?"
Jeff: "Kuusitoista D-kokoa. Purkautuvat loppuun noin neljässä tunnissa normaalikäytössä. Normaalikäytöksi määrittelen kuuntelun 70 prosentin volume-teholla ja ajoittaiset kääntämiset 100 prosenttiin. Täydet otetaan irti yleensä jonkun hyvän kappaleen – kuten Indiansin – aikana. Hintavaa, mutta en missään nimessä lähde tinkimään tästä."
Minä: "Ei kannatakaan."
Jeff: "Saan paristot edulliseen hintaan Afrikasta kaveriltani,

14

joka tekee elektroniikan maahantuontia. Hän kysyi joskus myös mukaan pyramidihuijauksiin."

Minä: "Voisiko hän järjestää minulle tuollaisen soittimen ja paristot?"

Jeff: "Voin selvittää. Tämä on palvellut vuodesta 1986. Minulla kävi silloin poikkeuksellinen onni. Lähetin Super Channelille positiivista palautetta postikortilla. Kaksi vuotta myöhemmin he lähettivät vastalahjaksi minulle tämän kaksipesäisen Sonyn soittimen."

Minä: "Uskomatonta. Kiitos, että tämä asuntoasia onnistui."

Jeff: "Ei kestä. Ei tuo mikään luksuskämppä ole, mutta ajaa asiansa hyvin. Se on tuo numero 323."

Minä: "Menen tutustumaan."

Jeff: "Ole varovainen. Suoraan sanottuna olen hieman huolissani. Ihminen on ihmiselle susi."

Minä: "Nähdään."

Kävelen porttikongiin ja avaan asunnon oven. Kylmempi kuin ulkona. Kattolampun katkaisija lyö kipinää. Ilmastointilaite ammentaa satunnaisella frekvenssillä huminaa. Putkitelevisiosta lumisadetta. Ei palavaa kättä, ei mitään. Astun kylpyhuoneeseen, jossa on ummehtunut haju. Suihkuverhoksi on asennettu jonkinlainen uimapatja. Kylpyhuoneen matto on rullalla. Ruosteisen kylpyammeen hanan päällä on naisten rantavaatteita. Kaakelit ovat kellastuneet. Seinästä on murentunut lattialle pieniä kasoja kuin joku olisi raapinut sitä viimeisillä voimillaan. Mitä helvettiä täällä on tapahtunut? Tuuletusikkuna on auki. Saranojen vinkuna tuo oman lisänsä. Missä veri? Hanasta tulee 2–3-asteista vettä, mikä tarkoittaa suihkuolosuhteissa kuolemaa alle kymmenessä minuutissa. Hypotermia tai kaatumisen aiheuttaman kallonmurtuma. Vesi on kirkasta, joten hanaa on käytetty viime aikoina. Huonekalut eivät ole järjestyksessä. Ne ovat luul-

15

tavasti siirtyneet keskikokoisen tappelun tai jonkun muun aggressiivisen joukkotoiminnan seurauksena.

Olohuoneesta ovi takapihalle. Kaunista. Näkymä merelle ja mutkittelevalle tielle, jonka varrella loistaa paikallisten silmäätekevien ravintoloiden valoja. Mosaiikkina välkkyvän pikkukaupungin valot alhaalla muodostavat diskopallon, joka ampuu valon eri taajuuksia avaruuskoordinaatistoon. Se ei ole kangastus vaan häikäisee niin, että joudun laittamaan kädet silmien eteen. Tie alhaalla vie Puerto Ricon keskustaan, johon on parinkymmenen minuutin kävelymatka ..."Aiaiaiaiaaiaiaiaiai ... Puerto Rico ...". Sen voi laulaa kahdella tapaa. Rytmikkäästi. Tai hitaasti vaikerrellen auringonpaisteessa siesta-aikaan, jolloin huomattavan isotkin jääpalat sulavat hetkessä.

Sijainti ja näkymä on hyvä. Vaihdan vaatteet ja lähden kohti Puerto Ricon keskustaa.

ALKOHOLIVELKA

Kävelen Puerto Ricon ostoskeskukseen. Ohitan baareja, kauppoja, partureita ja muita silmäätekevien liikkeitä. Muutama yökerhokin löytyy. Istun keskuksen päässä olevaan kulmabaariin. Tilaan oluen. Naistarjoilijan mekko, katse ja liikkeet tihkuvat aikuisviihteen saloja. Nuo salaisuudet tulevat esiin läpinäkyvässä suihkuhuoneessa, joka on lukittu. Tarjoilija pyörittää hitaasti avainta oikeassa etusormessa antaen veden valua mekkonsa läpi. Sisäänpääsy on jumalaisissa sormissa roikkuva avain, jota hän saa minut himoitsemaan. Orastavasta hengensalpauksesta huolimatta täytyy olla varuillaan. Paholainen vaanii. Nainen voi saada minut otteeseen. Saatan iskeä hakun peruskallioon metsästäen takana olevaa kultakimpaletta. Ruokkii himoni tylsistäen terää, ilman että kalliossa näkyy murenemisen merkkejä. Sen jälkeen ajautuisin kadotukseen. Onneksi pystyn pitämään himoni kurissa, ja jos niin ei käy, lyön yhdellä suihkun oven säpäleiksi. Paikan omistaja on varttunut herrasmies, joka taputtelee selkään asiakkaita ja kyselee kuulumisia. Ei täältä kannata poistua.

Paikan pitäjä: "Oletteko lomalla, herra?"
Minä: "Työmatkalla."
Paikan pitäjä: "Mitä työtä teette?"
Minä: "Selvitystyötä."
Paikan pitäjä: "Mitä selvitystyötä?"
Minä: "Miksi kysytte?"
Paikan pitäjä: "Miksi en kysyisi?"
Minä: "Ette halua tietää."
Paikan pitäjä: "Haluan kyllä tietää. Mutta toki voitte olla kertomatta."

Minä: "Toki voin kertoa, jos kysytte uudestaan."
Paikan pitäjä: "Mikäs mies Te olette?"
Minä: "Selvitysmies."
Paikan pitäjä: "Kiitos tiedosta. Paljonko sinulla on voiman-noston yhteistulos?"
Minä: "Olen sanaton kysymyksen kauneudesta."
Paikan pitäjä: "Hienoa. Nauttikaa olostanne."
Minä: "Nautin. Pidän musiikistanne."

Täällä sitä soi. Se kaikki meidät vilpittömyydellään hurmasi taivaskanavien asennuksen myötä: Def Leppard, Kim Wilde, Tears For Fears, Madonna, Michael Jackson. Loputon määrä myös muita. Tähdet, jotka niin kirkkaana loistavat tässä kulmakapakassa suomalaisen voimanostoperinteen ja espanjalaisen aikuisviihteen kohtaamispaikalla.

Varttunut miespariskunta istuu vieressäni. Heitä voisi luulla patsaiksi. Ne kuvaavat usein varttuneita henkilöitä, joten väittämä ei ole mieletön. Eivät reagoi ulkoisiin ärsykkeisiin. Lainehtivat katatoniassa. Kenties joku on työntänyt heidät kiskoja pitkin ravintolaan. Aivokäyrän voi replikoida piirtämällä viivoittimella ja lyijykynällä vaakasuoraa viivaa, katkeamattomana. Harhaluuloa. Nykyajan filosofeja ja ympäristön tarkkailijoita, jotka eivät anna ulkopuolisen kohinan vaikuttaa ajatteluun. Perustutkimuksen tekijöitä. Muut juoksevat. He kävelevät. Siemailen olutta. Alkuräjähdys. Se oli jysäys, joka ylittää käsityskykyni. Jatkan työtä muualla.

Saavun seuraavaan ravintolaan. Ympärilläni muutama neliö työskentelytilaa ja 16 muovituolia epäjärjestyksessä. Olen ainoa asiakas. Ei musiikkia. Ravintoloitsijan kädet tärisevät. Tuo tarina saa päätöksensä pian. Suositusten hurmiollisesta maailmasta on tehty pilkkaa. Ruokaympyrästä lähtien kaikki

18

ohjeistukset heitettiin vailla perustelua roviolle joukkonaurun rai'atessa. Parvekkeelta paiskattiin Molotovin cocktail suoraan noitavainon keskiöön, mikä sytytti räjähtävän tulipalon. Valtavat liekit sokaisivat kaikki, ja viereen jäätiin viettämään vuosikausia jatkuvaa englantilaista suurkulutusjuhlaa. Se ei vieläkään ole päättynyt. Auringon säihkeessä tuomitsevia katseita on vähän. Elämä jatkukoon illuusiossa. Helpompi ajelehtia olutjoessa vietävänä kuin sätkiä vastavirtaan ja yrittää taistella kuivalle maalle.

Ravintoloitsija: "Join eilen Jägermaistereita paljon. Nyt hieman väsyttää."
Minä: "Ymmärrän."
Ravintoloitsija: "Osaatko lähettää sähköpostia?"
Minä: "Olen minä joskus lähettänyt."
Ravintoloitsija: "Voitko näyttää, miten se tapahtuu?"
Minä: "Voin. Haluatko apua sisältöön?"
Ravintoloitsija: "Itse asiassa voisit kyllä kertoa oman mielipiteesi."
Minä: "Toki. Näytä."
Ravintoloitsija: "Olen velkaa alkoholintoimittajalleni, joka käy jo hieman kierroksilla. Tällä sähköpostilla yritän tyynnytellä kaveria."

Sähköpostiviesti: *Pahoittelut, että maksu edellisistä viinoista on myöhässä. Myynti käy kuitenkin täällä päässä vilkkaana. Tupa on juuri nyt täynnä, joten saan rahat kasaan pian! Suostutko siihen, että maksan viikon päästä?*

Minä: "Asetumme hyökkäysmuodostelmaan. Sisältöä ei muuteta. Lisää Twisted Sisterin "Stay Hungry" -levyn kansi liitetiedostoksi."
Ravintoloitsija: "Kokeillaan sitä."

19

Minä: "Ja nyt painat lähetä-nappia."
Ravintoloitsija: "Tehdään niin."
Minä: "Kuulkaas. Oletteko koskaan ajatellut, että hankkisit tänne soittimen? Saattaisi houkutella lisää asiakkaita."
Ravintoloitsija: "Olen sitä kyllä miettinyt, mutta minun ei kannata hankkia. Viereisissä paikoissa sellainen musiikki on jo. Siellä käy väkeä sen takia, niin kuin näet."

Mielenkiintoista. En puutu enää hänen liiketoimiinsa. Jokaisella olkoon lupa ja kunnia edetä sapluunansa mukaan elämän labyrintissa. Etsien keskustaa. Olen tyytyväinen saamaani palveluun.

Minä: "Aion viettää tässä loppuillan. Sopiiko?"
Ravintoloitsija: "Sopii. Mutta hei, odotatko hetken! Viinantoimittaja vastasi sähköpostiini."
Minä: "Mitä siinä lukee?"
Ravintoloitsija: "Siinä lukee: *En tietenkään suostu.* Mitä me nyt teemme?"
Minä: "Tee sinä Gin ja Tonic ja minä juon sen. Suostutko?
Ravintoloitsija: "Suostun."

SISILIALAINEN TARJOUS

Kello on 11.17. Kylmä betonialusta sisäpihalla. Kiivashenkisiä keskusteluja ravintolassa. Mahdollisesti taksimatkaan liittyvää epäselvyyttä. En koskaan juo itseäni humalaan, joten minut on huumattu. Tapahtumat Puerto Ricon tulikuumassa yössä jäävät luultavasti mysteeriksi. Parempi niin. Ei voi vaikuttaa. Ihmiset katuvat kuolinvuoteellaan useimmiten sitä, että murehtivat asioista. Järkevämpää keskittää energia yleisesti hyödylliseen tai toimintaan, joka tähtää henkilökohtaisen hyvinvoinnin parantamiseen. Muovaavat itsensä suojakilvellä piirtämällä karttaan reitin, jota on mahdoton kulkea. Kompastuminen ojaan realisoituu henkilökohtaiseen katastrofiin. Joillekin ennustamattomuus luo turvallisuuden tunnetta. Ajatuksena puoleensavetävä luoden mittaamattoman rikkauden elämälle ja saattaa viedä seikkailuihin, joita ei suurinkaan paviljonkitaiteen mestari voi kirjoittaa. Olen kutakuinkin kunnossa. Selkää ja kyynärpäätä hieman kolottaa. Lähden hiekkarannalle, vaikka olo on hutera. Vain hullu jättäisi pilvettömän Gran Canarian taivaan hyödyntämättä.

Saavun Puerto Ricon rantaan hoiperrellen. Sain matkalla jostain käsiini virvoitusjuoman. En tiedä, mistä se on peräisin. Hankala muistaa moniakaan minuutteja taaksepäin. Toinen sandaali puuttuu jalasta. Vasen, vasen, vasen kaks kolme. Se on jäänyt jonnekin matkan varrelle. Aurinko suihkuaa pääleni säteitä kuin sadettaja vettä kesän kuumimpana päivänä jalkapallokentällä. Ainoastaan kourallinen potkijoita siellä käy kesän aikana. Aurinkolasien takana olen suojassa, vaikka ihmiset katsovat kummallisesti. Pitkä vaellus on saamassa loppuhuipennuksen. Enää joitain metrejä ja olen saapunut

21

vapaalle aurinkotuolille. Se ei ollut kangastus vaan totta. Ro-jahdan tuoliin ja näytös päättyy. Tumma esirippu lasketaan valkokankaan eteen, paloturvallisuutta uhmaavat kynttilät esiripun vieressä puhalletaan sammuksiin ja vahtimestari ilmoittaa näytöksen päättyneen. Ihmiset ohjataan himmen-netystä elokuvateatterista pimeille kaduille, joista he katoavat mukulakiviä pitkin usvaisen pikkukaupungin kujille jatka-maan surullista taivallustaan.

Nainen: "Nyt herätys, mies." Kuulen jonkun puhuvan. Hiek-kaa lentää kasvoilleni.
Minä: "Istukaa, olkaa hyvä", vastaan puoliunessa. En tiedä, näenkö unta.
Nainen: "Et pitänyt lupaustasi. Tuo hiekanheitto oli kosto siitä."

Avaan silmät ja erotan kaksi naishahmoa. He katsovat minua kuin koiraa. Ilmeisesti en ole unessa.

Minä: "Anteeksi, voitko toistaa? Saatan nukahtaa tämän lau-seen aikana."
Nainen: "Lupasit yöllisellä taksimatkalla kertoa meille, mitä teet täällä."
Minä: "Ahaa, aivan. Saanko hieman aikaa?"
Nainen: "Herra on hyvä ja lepäilee. Kerää iltaan asti voimia. Silloin olisi hyvä, jos olisit iskussa. Haluaisitko tulla illalla pelaamaan jatsia meidän luokse? Uskoisin, että voimme tehdä kolmistaan jotain muutakin kivaa. Petyimme Jannan kanssa eilen, kun et tullut hotelliimme. Lähdemme ylihuomenna Suomeen. Kolmatta mahdollisuutta ei tule. Tässä numeroni. Soita minulle."
Minä: "Lähentelee sisilialaista tarjousta."

22

Naiset lähtevät. Vihjaileva äänensävy ja mahdollisuus voittoon jatsissa piristävät. Noppapeleistä kaunein. Tuleva turnaus. Pintapuolisesti näyttää, että he ovat ystäviä. Sisällä käydään kamppailua resursseista, huomiosta ja sosiaalisesta hyväksynnästä. Asetelma on edullinen. Pystyn sytyttämään heidän sisällään roihuavan epätasapainon hiilloksen jättiläismäiseksi tunteiden tulimereksi. Hämmennys johtaa taisteluun. Hajota ja hallitse.

Nopanheitto satunnaistapahtuma. Ei missään nimessä. Mitä syvemmälle pääset tunnetilassa, sitä suuremmalla todennäköisyydellä nopat kampeutuvat toivotuille sivuilleen. Nopat puristettuna nyrkkiin kämmen alaspäin pitkittäen prosessia, kunnes vastustajat ovat hermoromahduksen partaalla. Tehdä ajoittain – ei kuitenkaan usein – odotusarvoltaan irrationaalisia ratkaisuja. Näiden teesien saattelemana minun pitäisi liikkua hotellille. En koe sitä tarpeelliseksi. Olen ennustanut tulevat turnaustapahtumat, ja tähteni on syttynyt loistamaan kirkkaana jatsihistorian taivaalla. Siellä hotellilla on jotain muuta, mikä saattaa minua kiinnostaa. Soitan.

Minä: "Heippa. Olen jo levännyt tarpeeksi. Soitan liittyen tarjoukseesi. Se on loistava tarjous. Minulla on kuitenkin vastatarjous. Jätetään jatsi väliin."
Nainen: "En ole varma. Mitä se muuta tarjouksesi sisältää?"
Minä: "Hiljaista voimaa."
Nainen: "Mitä se hiljainen voima tarkoittaa?"
Minä: "Se on voimaa, joka realisoituu maanpäällisenä euforiana."
Nainen: "Haluaisitko tulla tänne hotellille heti? Voimme jättää jatsin väliin."
Minä: "Haluan. Nähdään kohta."

Juoksen hotellille.

RANTAROLEX

Missä olet, Frank? En jaksaisi enää odottaa. Päivä on jo pitkällä. Istun kreikkalaisessa ravintolassa. Hotelli Santa Claran vieressä Playa Del Inglesissä. En ole sopinut. Odotan silti. Tapasin hänet 1990-luvun loppupuolella, kun kävin ensimmäistä kertaa Kanarian saarilla. Tuttavuutemme alkoi Turbo-baarissa Kasbahin ostoskeskuksessa. Olin tiskillä pyytämässä musiikkia henkilökunnalta. He toteuttivat toiveita. Ranteessani kultainen Casio-rannekello. Frankiksi esittäytyvä mieshenkilö koputti selkään ja kertoi huomanneensa kelloni. Hän sanoi pitävänsä siitä niin paljon, ja että haluaa ostaa sen. Kieltäydyin ja ehdotin, että Frank hankkisi parinsadan metrin päästä katukauppiaalta samanlaisen. Tämä kuulemma olisi tarpeetonta. Ei koskaan kertonut syytä, miksi halusi juuri minun kelloni. Istuimme muutaman hetken. Hän lähti.

Tapasimme kaksi päivää myöhemmin. Olin vuokrannut auton Las Palmasista. Ajoin saarta ympäri. Doramasin kylän kohdalla saaren sisäosassa moottori sammui. Karu todellisuus valkeni silmieni eteen: polttoainemittari oli punaisella. Jätin auton. Kävelin kohti asutusta, jota näkyi vuorenrinteessä. Koputin ensimmäisen asunnon oveen. Vanha naishenkilö avasi oven ja tarjosi apuaan. Soitti lankapuhelimella etenevästi ja kertoi minulle, että apu saapuisi pian. Pian lava-auto saapui talon pihaan. Rähjäisiin haalareihin ja sinisiin puukenkiin pukeutunut mies tuli autosta. Tervehti tuttavallisesti ja kysyi: "Joko myyt?" En ymmärtänyt kysymystä. Vasta jälkeenpäin ymmärsin, että hän oli Frank. Lähes mahdoton tunnistaa samaksi ihmiseksi kuin kaksi iltaa sitten. Parissa päivässä oli tapahtunut vuosikymmenen muutokset. Hän

24

kuljetti minut korjaamolleen, josta haimme kanisterin, ja täytimme sen polttoaineella. Pääsin jatkamaan matkaa.

Koko tuttavuutemme on rakentunut sattumanvaraisen tapaamisen ja keskustelujen ympärille, joten olisi turhamaista ja ajattelematonta rikkoa tätä sapluunaa yrittämällä ottaa yhteyttä. Ehkä hän on siirtynyt Tuonelaan tai kohdannut jotain juuri ennen. Viimeisen kerran tapasin Frankin vuonna 2001. Se tapahtui tässä samassa ravintolassa, jossa istun. Kädessäni jälleen Casio. Istun kuuteen asti. Se olkoon seinä.

Ravintola on tyhjentynyt lounasruokailijoista. Lanka palaa. Aikamaailman tiimalasissa tippuu hiekanjyviä yksi kerrallaan. Universumimme laajenee valonopeudella. Seinän läpi, jonka takana ei ole mitään. Niin siellä väitetään. Norsunluutorneissa, jotka epämääräinen ryhmittymä on meille vuosisatojen aikana luonut. Ymmärtämättömyyden hulmuavien verhojen taakse on helppo kietoutua. Teollisen tason huijausta ja piittaamattomuutta ihmiselämän arviointikykyyn on hankala hyväksyä.

Ravintolaan astuu aurinkolasipäinen, noin 50-vuotias mies. Kulmikkaat kasvot. Hän on pukeutunut sinisiin farkkuihin ja mustaan villaneuleeseen. Bingo. Hän kohtaa menneisyytensä. Nousen ylös ja kävelen Frankin pöytään.

Minä: "Tässä se on."

Ojennan pöydälle A4-arkin, joka on päivätty 09.08.1998. Paperi sisältää tiedot vuokratusta autosta, ja siihen on niitattu valokuva, jossa Frank seisoo korjaamonsa edessä. Jään seisomaan pöydän viereen. Mies pyyhkii rauhallisesti suupieliään ruuasta ja asettaa servietin pöydälle.

Frank: "Minulla oli outo tunne, kun saavuin tänään Ruotsista työmatkalta. En uskonut, että tämä päivä olisi koskaan koittanut. Ole hyvä, istu alas."

Minä: "Kiitos, Frank."

Frank: "Saanko kysyä ensiksi yhtä asiaa?"

Minä: "Ole hyvä, Frank."

Frank: "Mistä tiesit, että olen täällä?"

Minä: "En tiennytkään. Muistatko tuon päivän 9.8.1998?"

Frank: "Muistan kyllä sen. En ole käynyt tässä ravintolassa kertaakaan viimeisen tapaamisen jälkeen. Et sinäkään. Vai oletko?"

Minä: "En kertaakaan."

Frank: "Kumpi meistä on onnellisempi?"

Minä: "Veikkaan itseäni."

Frank: "Tulit tänne makeilemaan kellosi kanssa. Meidän pitäisi ensiksi pystyä operationalisoimaan? Miten se on onnellisuuden kanssa mahdollista?

Minä: "Katso mitä minulla on jalassa: Reebok Club Champion -kengät vuodelta 1984. Ensimmäiseltä tuotantoerästä. Reebokin myyntijohtaja antoi minulle ne henkilökohtaisesti Kissin Amerikan kiertueen yhteydessä. Edelleen uudenkarheat ja hohtavan valkoiset. Ei voi mitata rahassa."

Frank: "Voit kävellä seuraavat 10 vuotta leikkaamassa hiuksiasi eri partureilla. Kukaan heistä ei osaa muokata tähän muotoon. Aina tulee palloa. Toisin kuin minulla. Kaksi milliä sivuilta ja 25 milliä pystystä. Minulla on kylän komein jenkkisiili."

Minä: "Sovitaan sitten niin."

Frank: "En voisi olla onnellisempi."

Frank: "Joko tuo kello on myynnissä?"

Minä: "Kerro se syy, niin myyn."

Frank: "Mikä syy?"

Minä: "Se syy."

26

Frank: "Jos kertoisin syyn, ymmärtäisitte sen arvon, ettekä tulisi mistään hinnasta luopumaan siitä."

Frank: "Lainaatko sitä?"

Minä: "Kuinka pitkäksi aikaa?"

Frank: "Kolmeksi vuodeksi."

Minä: "En lainaa."

Frank: "Miksi et?"

Minä: "Liian pitkä laina-aika."

Frank: "Saanko kokeilla noita kenkiä? Kissin kiertueelta? Naurettavaa väittää tuollaista kaikkien näiden vuosien jälkeen."

Minä: "Älä lääpi. Ne likaantuvat."

Frank: "Tiedän, miksi olet täällä. Mene kotiin jo."

Minä: "Anna tietoja."

Frank: "Toverini. Minulla ei ole kerrottavaa sinulle. Vaikka tietäisin, en voisi kertoa. Palaat aina lähtöruutuun. Mutta voin kertoa sinulle, että Caesar majailee tällä hetkellä Anfissa."

Nyökkään hyväksyvästi ja katson, kun Frank istahtaa taksiin. Se on lähdössä. Ikkuna avautuu, ja Frank naputtaa oikealla etusormellaan vasenta rannettaan. Ilmeisesti yrittää kertoa jotain kelloon liittyen.

Frank: "Meille kaikille annetaan tietty määrä syntiä kannettavaksi. Toisille enemmän. Toisille vähemmän. Joskus se taakka on liian raskas kannettavaksi."

Taksin ikkuna sulkeutuu. Keskustelu, joka jättää paljon avoimia kysymyksiä. Frankin viimeiset sanat vahvistavat, että Casion ja Frankin ympärille on kietoutunut mystisyyden verho, joka tuskin koskaan tulisi avautumaan. Sain kuitenkin arvokasta tietoa. Caesar majailee tällä hetkellä Anfissa. Palaan Puerto Ricoon.

ANNIE, OLETKO OK?

Istun terassilla ja katson merelle. Siellä se jatkaa pauhuaan. Suuri ja mahtava valtameri, joka parhaimmillaan tarjoilee elämän suurimmat ilot tanoreksian ja lempeiden aaltojen sulosointuisessa tanssissa. Pahimmillaan sosiopaatti, jolla ei ole omaatuntoa ja aiheuttaa läheisilleen monenlaista tuskaa. Olin kaksi kertaa onnekas. Kolmatta mahdollisuutta ei tulisi. Suhtaudun siksi mereen sen vaatimalla kunnioituksella. Usko siihen, että tietyn toimintatavan toistaminen johtaa seuraavalla kerralla eri lopputulokseen. Se on pelottavaa. Tilanteen mahdottomuus saattaa ruokkia himoa kokeilla uudestaan. Ja mikä hirvittävintä, silmäätekevien piireissä lähes kaikki, joiden katsotaan saavuttaneen jotain ainutlaatuista, ovat kulkeneet tietään hairahtamatta polulta siinäkään tapauksessa, että ovat joutuneet pitkin matkaa ottamaan vastaan mitä kivuliaimpia kivenheittoja. Tämä kaikki on jotenkin hankalaa, eikö? Ei voi olettaa toista lopputulosta, mikäli ei ole valmis muuttamaan ajatteluaan. En ymmärrä, miksi painostat minua näistä.

"Onko hän tulossa takaisin?", kuuluu naapurista aidan toiselta puolelta. Pystyn erottamaan iäkkään naisen kasvot.
Minä: "En osaa sanoa. Kertoisin, jos tietäisin. Mikä sinun nimesi on?"
Nainen: "Minä olen Annie. Olen Tanskasta. Sinä näytät suomalaiselta."
Minä: "Kyllä. Olen suomalainen. Olemme siis naapureita, Annie. Asun tässä nyt muutaman kuukauden."
Annie: "Sinä siis muutit nyt muutamaksi kuukaudeksi tähän. Billy ei ole tulossa takaisin?"

28

Minä: "Kyllä aion asua tässä nyt jonkun aikaa. Annie hyvä. Minun on kerrottava, että en tiedä, kenestä puhut. Työnantajani vuokrasi tämän minulle jokin aika sitten ja kertoi, että tämä on ollut pitkään tyhjillään. Milloin viimeksi näit edellisen asukkaan?"

Voisi sanoa, että olen jopa etsimässä Billya. Aikeeni eivät ole pahat. On kuitenkin valehdeltava Annielle.

Annie: "Näin Billyn kolmisen viikkoa sitten tässä terassilla. Kerrohan minulle, nuori herrasmies. Oletko nähnyt Paulia?"
Minä: "En ole nähnyt Paulia. En tiedä myöskään, kuka hän on. Oliko hän Billyn kaveri?"
Annie: "Ilmeisesti. Paul saattaisi pystyä järjestämään töitä minulle."
Minä: "Haluatko tulla ottamaan lasin viiniä kanssani? Löytyy myös olutta päälle."
Annie: "Kiitos. Pidän oluesta. Voisin tullakin. Minulla on ruoka valmistumassa. Syön sen ensin ja tulen sitten. Sopiiko?"
Minä: "Sopii mainiosti. Tervetuloa."

Jään istumaan terassille ja odottelen Annieta. Hienoa, että ihmisen ei tarvitse alistua iän asettamiin paineisiin näyttääkseen siltä kuin hänen ikäisensä maanpäällisessä oletettaisiin näyttävän. Tässä tapauksessa nuorekas olemus ei ole vielä ylittänyt sitä rajaa, joka muistuttaa meitä siitä huomionkipeän klovnin hätähuudosta tyhjässä teatterisalissa, jonka valot himmenivät vuosia sitten. Suosituimmat esitykset keräsivät vuosikausia monituhatpäisen yleisön teatterin tavalle. Yhtäkkiä suurimmat tähdet sammutettiin kuin valokatkaisijalla ja katsojat pakenivat toinen toistaan suuremmille areenoille palvomaan aikakautensa uutta sielun tulkkia. Parrasvalojen säihke, ihmisten hurmiollinen nauru ja kansankiihotusta vastaava näytelmä oli hetkessä muisto vain. Managerin silmät kostuivat, kun ensimmäistä kertaa lipputuloilla ei pystytty maksamaan hattaranmyyjän vaatimatonta palkkaa. Alle dollarin tunnissa. Vain muutama suruntäyteistä viikkoa vallankaappauksesta eteenpäin kaikki oli ohi. Teatterisalin vuokrasopimus irtisanottiin ja glamouria tihkuvasta näyttämöstä jäi jäljelle joutomaalla vaivoin seisova rakennelma, jonka seinistä irronneet laudanpätkät toimivat vanhaa jättiläistä kannattelevina kävelykeppeinä. Vuosi toisensa jälkeen keskiöön astelee joka päivä ikääntynyt klovni uusissa vaatteissaan rukoillen saapuvaksi aikoja, jolloin Kurt Cobain ei ollut vielä lakaissut fleecepaidallaan kaikkea pöydän alle. Vastikkeettomat lahjat, kuten ulkonäkö, eivät ole ikuisia. Luopumisen tuska saattaa ylittää pahimmatkin painajaiset ja estää arvokkaan poistumisen junasta. Lopulta heidät heitetään ulos väkivalloin. Minun täytyy ottaa Annien kanssa puheeksi asia, jotta hän ei luisu näiden onnettomien sielujen viitoittamalle tielle. En häntä tuomitse enkä muutenkaan halua tehdä liian pitkälle meneviä johtopäätöksiä. Olen mielissäni, että hän vastasi myöntävästi kutsuuni.

Annie: "No niin, hei vaan! Oliko sinulla sitä viiniä?"

Annie astuu terassini puolelle. Hänellä on päällään ihonmyötäinen minihame ja värikäs toppi, jonka päällä neuletakki. Tarjoilen punaviiniä.

Minä: "Toki. Istu alas, ole hyvä. Aurinkokin laskee näyttävästi juuri nyt Atlanttiin. Tästä on hyvät näkymät."
Annie: "Kyllä. Istun lähes joka ilta terassillani katsoen auringonlaskua. Otan ehkä lasin viiniä ja joskus piirrän tai hoidan puutarhaani."
Minä: "Piirrät. Minkälaisia asioita?"

30

Annie: "Monenlaisia. Yleensä ne liittyvät elettyyn elämään ja muistoihin tai arkipäiväisiin asioihin täällä Kanarialla."
Minä: "Hienoa. Millainen on viimeisen piirroksesi?"
Annie: "Kukka-asetelma. Sen on tarkoitus kuvata tunteiden kirjoa, jonka olen kokenut elämäni aikana. Kukat taas kertovat kauneudesta, vaikka värimaailmassa on hyvinkin synkkiä tunteita."

Tunnen jotain suurempaa sykähtelyä sisälläni kuin rannalla tapaamieni naisten suhteen.

Minä: "Meillä kaikilla, joilla on ruokaa ja lämpöä, on tarve toteuttaa taiteellista puoltaan. Ilmentymismuoto voi olla mikä tahansa. Puhtaimmillaan sellaista, jolla ei ole käytännön sovellutuksia. Milloin saavuit?"
Annie: "Olen viettänyt Kanarialla muutaman viime talven. Tähän asuntoon tulin syyskuussa. Pakoilen Tanskan talvea. On tosi kiva saada naapuri sinusta. Muutama tuttavani asui tässä lähellä, mutta he lähtivät jo joulukuussa pois. Nyt, kun Billykin on lähtenyt, niin olen ollut hieman yksinäinen."
Minä: "Oliko Billy hyvä kaveri?"
Annie: "Hän oli oikein mukava minulle. Tuntuu tosi kurjalta, että hän lähti sanomatta mitään. En tiedä, olisikohan hänelle sattunut jotain."
Minä: "Toivotaan, että hän palaa. Hänen lähdölleen on varmasti olemassa syy."
Annie: "Niinpä. Mutta kertokaa nuori mies, miten Te olette tänne eksynyt?"
Minä: "Tuossa parin sadan metrin päässä on hotelliketju, niin kuin tiedät. Sain sinne kontaktin vanhalta tuttavaltani. Minut kutsuttiin työhön. Niin kuin tiedät, byrokratia täällä on hidasta. Minun on hankittava espanjalainen henkilötunnus ja työlupa ennen kuin voin aloittaa virallisesti. Kaiken

piti olla kunnossa. Nyt näyttää siltä, että siihen voi mennä yllättävänkin paljon aikaa. Toistaiseksi työskentelen täältä asunnosta käsin atk-työnä."

Annie: "Hienoa. Voisitko yrittää hankkia minulle töitä esimerkiksi sisäänheittäjänä? Rahat ovat vähissä. Ja nyt kun on jo sesonki päällä, työpaikat ovat jaettu. Kuinka paljon maksat vuokraa asunnostasi?"

Minä: "Voin auttaa sinua työnhaussa."

Mieleni tekisi kysellä Billystä enemmän, mutta annan asian toistaiseksi olla. Istumme rauhassa pimenevässä illassa, juttelemme elämästä ja juomme punaviiniä. Hän alkaa näyttää paremmalta.

Annie: "Saanko katsoa tuota Casio-kelloa?"
Minä: "Katso vaan."
Annie: "Siinä on jotain."
Minä: "Mitä?"
Annie: "En osaa eritellä, mitä se jokin on."
Minä: "En minäkään."
Annie: "Minua huimaa."
Minä: "Annie, oletko ok?"

Annie ottaa kädestä kiinni ja tulee lähemmäs. Pohjoismaiset kemiat kohtaavat sukupolvien välisenä yhteistyönä Puerto Ricon illassa.

EUGENE CAESAR

Matkaan Puerto Ricosta kymmenen kilometriä koilliseen mutkittelevaa rantatietä. Vastaan tulee Arguinneguin. Pieni kalastajakylä, josta turismi viime vuosikymmenellä onnistui saamaan kuolettavan puristusotteen. Mielenrauhalla täytetyn kylän asukkaat katsoivat järkyttyneinä nousukkaiden huvipursien saapumista 90-luvulla. Canarioiden ja rahatukkuja heiluttelevien matkailuhuijareiden välinen kamppailu päättyi nopeasti paikallisten murskatappioon. Varttuneet kalakauppiaat muistelevat silmät vedessä aikoja, jolloin pohjoismainen invaasio norjalaisine kouluineen ja kirkkoineen ei vielä ollut tuhonnut rakkautta ja elämäniloa pursuavan kylän identiteettiä. Kaikki mittaamattoman arvokas inhimillinen haihtui sikarinsavuna ilmaan. Kalakauppiaat ovat unohdettuja laitapuolen kulkijoita, joille elämä ei ole maksanut takaisin pientäkään osaa siitä, mikä heille jumalallisen oikeudenmukaisuuden mukaan kuuluisi. Eräs kalakauppias suljettiin puhelinkoppiin, ja se kaadettiin juuri, kun tämä oli veivaamassa hätänumeroon lankapuhelimella. Moni syytön tuomittiin. Naisia hakattiin.

Yhteisön tärkein kohtaamispaikka oli pieni tori, jossa asukkaat kävivät jakamassa arkipäivän murheensa saaden sieltä tukea. Sen tilalla on valtava lomakeskus Anfi, johon alkuperäisasukkailla ei ole asiaa. Matkailumausoleumin keskiössä on keinotekoinen ranta, uima-altaita, veneitä ja valkaistujen hampaiden säihkemeri. Teatterin katsomo muodostuu puolikaaren muotoisesta hotellirakennuksesta. Parvekkeet toimivat norsunluutorneina, josta kukin voi seurata sisällöltään tyhjyyttä loistavaa keskiluokkaista näytelmää, jossa paperitähdet tekevät kaikkensa luodakseen illuusiota menestyksestä. Merkkivaatteet, kellot, korut, eleet, keinotekoiset keskustelut ja keskinäinen vertailu maallisesta omaisuudesta, jota ei ole olemassa. Ei ole täysin mieletöntä väittää, että ihminen luovuttaa osan ihmisarvostaan tai jopa kokonaan osallistumalla vapaaehtoisesti tähän surulliseen näytökseen.

Näytelmänjohtaja. Hän on sentään eri mies. Mies, jonka asemaan yksikään noista rimpuilevista ihmispoloista ei tule pääsemään. Lomaosakemaailman nukketeatterin lankoja ohjailee yksi henkilö: Eugene Caesar. Saksalaislähtöinen miljonääri ja kauhuntekijä, joka on hankkinut maineensa häikäilemättömillä lomaosakehuijauksilla, lahjuksilla, armottomilla kostoilla ja täpärillä pelastautumisilla. Kanariansaarten viranomaisjohto käy sotaa Caesaria ja Anfia vastaan monella rintamalla. Viranomaisiskut, vangitsemiset, mediasota ja väkivaltaisiksi yltyneet taistelut oikeussaleilla ovat arkipäivää. Merkkiäkään antautumisesta ei ole saatu yli 20 vuotta jatkuneen konfliktin aikana. Mausoleumi on muurautunut kiinni entistä kovemmin. Frank kertoi minulle, että Caesar on tällä hetkellä mausoleumissaan. Lähden tapaamaan.

Maksan taksin ja kävelen lomakeskuksen vastaanottoon.

"Hyvää iltaa, miten voin auttaa Teitä, herra? Jos saan kysyä nimenne?", smokkiin pukeutunut mies kysyy.
Minä: "Minulla on tapaaminen."
Portieeri: "Kenen kanssa Teillä on tapaaminen?"
Minä: "Caesar." Portieeri miettii hetken.
Portieeri: "Tunnenko minä herra Caesarin?"
Minä: "En voi vastata puolestasi. Minä menen ravintolaan ja toivon, että minulla on ruokalista pian kädessäni."

34

Portieeri: "Meidän ravintolassa on tietty tapa, jonka mukaan pukeudutaan."
Minä: "En ole kovin kiinnostunut."

Kävelen ravintolaan. Asiakkaina arvokkaasti pukeutuneita pariskuntia. Pöydät tummanvihreää marmoria. Seinillä taideteoksia. Valkoiseen smokkiin pukeutunut tarjoilija saapuu.

Tarjoilija: "Hyvää iltaa. Mukavaa, että tulitte ravintolaamme. Mitä haluaisitte syödä?"
Minä: "Haluaisin nauttia punaviiniä ja pihvin. Molemmat korkealuokkaisinta, mitä pystytte tarjoamaan."
Tarjoilija: "Pidätte punaviinistä. Hienoa. Suosittelen Teille Modecin alueelta Monta-viiniä. Premier clu -luokitus. Vuosikertaa 1968. Niitä on valmistettu noin 40 pulloa, joista olemme saaneet yksitoista tänne. Teidän on nyt mahdollista saada sitä nautittavaksenne, mikäli niin haluatte. Mitä mieltä olette?"
Minä: "Kaksi pulloa avattuna kiitos. Mitä suosittelette syötäväksi?"
Tarjoilija: "Kobe-härkää ja Moganista tänään kerätyt Kanarian perunat."
Minä: "Vaatimatonta, mutta hyväksyn. Kaksi pihviä, kiitos. Toinen raw-medium. Toinen raw."

Hyvä tunnelma. Asiakkaat keskustelevat sivistyneesti. Puheensorina elää miellyttävästi marmoriseinien kautta. John Denverin Country Roads soi. Ja se soi. Tarjoilija tuo punaviinin.

Minä: "Olette hyvä tarjoilija. Uskon, että pidätte työstänne tai korkeintaan ajoittain koette sen epämieluisaksi."
Tarjoilija: "Kiitos. Olkaa hyvä ja valitkaa yksi sana, jolla kuvailette tuntemuksia maistaessanne tuota viiniä."

Minä: "Hurmio."
Tarjoilija: "Hyvä sana. Tässä Kobe-härkää. Kypsyysasteet, kuten toivoitte. Miten päädyitte näin upeaan ratkaisuun?"
Minä: "Olen saattanut ajautua flow-tunneliin. En kuitenkaan ole varma siitä."
Tarjoilija: "Kerro siitä."
Minä: "Aikajanatunneli, jossa tapahtuu suuri määrä henkilökohtaisia onnistumisia peräkkäin. Sieltä on vaikea päästä pois."
Tarjoilija: "Nautitte olostanne."
Minä: "Olette oikeassa."
Tarjoilija: "Nauttikaa olostanne niin kuin se Teille paras on."

Leikkaan pihvistä palan ja maistelen. Lasken ottimet ja nostan oikean käden saadakseni tarjoilijan huomion.

Tarjoilija: "No niin, herra."
Minä: "Taide. Maisemat. Viini. Musiikki. Kaikki täällä on korkealuokkaista. Paitsi pihvi. Se on mennyt pitkäksi."
Tarjoilija. "Olen pahoillani. Tuon uuden."

Kaksi miestä juttelee vastaanotossa. He vilkuilevat pöytääni ja lähestyvät. Noin 60-vuotias mies astuu eteeni. Kivikasvoja koristaa taakse kammatut pellavanvalkoiset hiukset ja lyhyt poninhäntä, joka kimaltelee hiusöljyä. Tummansininen kauluspaita on teetetty sotilaallisen tarkasti melko hintelälle vartalolle. Sen päällä on vaaleanruskea pikkutakki, jonka hihassa säihkyy kokardi. Kaulalle on asetettu punainen sifonkihuivi. Jalassa tummanruskeat housut ja mustat lakeerikengät. Useita isoja sormuksia. Puinen kävelykeppi oikeassa kädessä varmistaa sen, että uuden ajan orjakauppias on saapunut.

Caesar: "Tervehdys. Oletteko nauttineet olostanne, herra?"
Minä: "Minulla on ruokailu kesken."
Caesar: "Olen Caesar." Mies ojentaa oikean kätensä. En nouse seisomaan, mutta kättelen.
Minä: "Hauska tutustua."

Olemme kumpikin hetken hiljaa.

Caesar: "Olen pahoillani, ettette olleet tyytyväinen annokseenne. Mitä mieltä olisitte siitä, että kutsun Teidät yläkerran huoneistoon ja saatte uuden annoksenne sinne. Tässä on Jose. Henkivartijani. Täällä liikkuu kaikenlaista porukkaa, siksi hän on mukanani."

Otan lantin taskustani. Heitän ilmaan ja otan kiinni. Puristan nyrkissäni.

Minä: "Caesar. Kruuna vai klaava?" Caesarin ilme ei värähdä.
Caesar: "Klaava."

Lantti kääntyy klaavaksi marmoripöydälle.

Minä: "Olitte oikeassa. Klaava voittaa aina. Suostun ehdotukseenne."
Caesar: "Menemme kahdeksanteen kerrokseen. Sieltä on hyvät näkymät."

Henkivartija ohjaa meidät hissiin. Caesar työntää avaimen hissin lukkoon ja nousemme ylös. Ovien avautuessa näen pelkästään merta. Katselen ympärille. Olemme vähintään 200 neliön huoneistossa. Huoneisto on sisustettu erilaisin tauluin, patsain ja nahkasohvin. Mahonkipöydän päällä on unssin nippu käteistä.

Caesar: "Otatteko viskiä?"
Minä: "Toki. Jäillä."
Caesar:" En tiedä nimeänne. Se ei olekaan kauhean oleellista.
Pidättekö näkymästä Atlantille?"
Minä: "Esitän vastakysymyksen. Miksi teillä on kasa rahaa
pöydällä?"
Caesar: "Käyttöraha on aina hyväksi. Maalla, merellä ja il-
massa. Miten viski?"
Minä: "Hyvää. Pidän myös näkymästä Atlantille. "
Caesar: "Tulitte tänne ja kysyitte minua. Harvat tekevät sel-
laista. Miksi? Sana on vapaa. Olkaa hyvä."
Minä: "Oletko sinä oman elämäsi Kim Wilde?"

Pitkä hiljaisuus. Parveke on auki ja meri jylisee taustalla.

Caesar: "Olen."
Minä: "Tulin siis ehdottamaan yhteistyötä."
Caesar: "Yhteistyötä. Minulla on kaikki, mitä tarvitsen."
Minä: "Ei ole."
Caesar: "Olen kiinnostunut."
Minä: "Elämä on arvoituksia täynnä. Tässä on käyntikort-
tini. Kiitos viskistä. Jätän pihvin seuraavaan kertaan."
Caesar: "Itse asiassa, älkää lähtekö vielä, sopiiko? Otetaanko
matsi?"
Minä: "Mikä laji?"
Caesar: "Intiaanipokeri."
Minä: "Hyvä idea, mutta nyt on töitä tehtävänä. Pelataan
seuraavalla kerralla."
Caesar: "Loistavaa. Tehdään niin."

Tämä vie asioita eteenpäin.

38

6.9 JALKAA

Aurinkoa, rantaelämää, huolettomuutta ja elämäniloa. Ruskettuneita ja tyylikkäisiin rantavaatteisiin pukeutuneita ikuisia nuoria, jotka elävät seuraavalle aallolle, hetkessä, piittaamatta vaaroista sattumanvaraisen intohimon edessä. Tekemisen sisältö itsessään vailla muuta motiivia. Harrastusten ympärille muodostuu kulttimaista palvontaa. Siellä he kortteleiden ja katujen kulmilla kuiskivat ja levittävät ilosanomaa. Olen sen itse nähnyt. Jos nämä ovat niitä, jotka ovat puolellamme, emme pysty kovinkaan suureen vastarintaan, mikäli sota syttyy. Se ei ole juuri nyt ajankohtaista, koska on hoidettava lainelaudan osto.

Tapasin Pacon puoli vuotta sitten. Pitkänhuiskea ja lihaksikas pellavapää. Hänessä on paljon samaa näköä kuin nuoressa Skid Row'n laulajassa, Sebastian Bachissa. Olen hankkimassa häneltä lainelautaa. Hajanainen yhteydenpito on jatkunut joitakin viikkoja. Hän soittaa, minä en vastaa. Minä soitan, hän ei vastaa. Tänään hän lähetti kuvan laudasta, jonka olisi valmis myymään. Kyseinen lauta ei täytä toivomuksiani miltään osin. Tapaamme silti. Kello on 20.53 ja pimeää. Odotan hotellin aulassa, koska ulkona sataa. Tuuli viheltää ja paiskoo vettä ikkunaan. Ikkunasta näkee ulos. Jos seisoisin tuossa ulkona, en tiedä näkisinkö sisälle.

Puhelin soi ja pakettiauto kaartaa hotellin pihaan. Prahasta kotoisin oleva naishenkilö istuu etupenkillä. Olen tavannut hänet kerran. Silloin esitin hiljaisen toivomuksen, ettemme enää koskaan tapaisi. Tätä toivetta ei ole kuunneltu.
Paco: "Terve! Vihdoin."

39

Minä: "Vihdoinkin."
Praha: "Muistan, kun viimeksi tapasimme..."

Vältän katsekontaktia.

Minä: "Nyt on lautakauppojen aika."

Kohta Paco ottaa laudan autosta ja on selin. Silloin on mahdollisuuteni. Kuristan tajuttomaksi. Jätän kadulle. Nainen katsoo hurmioissaan. Käynnistän pakettiauton ja ajamme GC-500-tielle. Kaasu pohjaan. Kohti Maspalomaksen hiekkadyynejä. Auto kaatuu kyljelleen. Otan laudat kantoon ja juoksemme veteen. Hän ottaa kädestä ja olemme yhtä. Annan laudan huuhtoutua pois. Hätähuuto hänen silmistään on ainoa, mitä voin nähdä. Juuri ennen kuin on pimeys.

Paco: "No niin. Suosittelen sinulle tätä mallia! Se, mistä puhuit, ei ole sopiva sinulle. Mutta tämä on! Juuri oikean kokoinen. Se myös kestää aikaa, koska kehityt nopeasti. Ainoastaan 340 paikallista."
Minä: "Älytöntä väittää tuollaista. Et voi millään tietää, kuinka nopeasti kehityn."
Paco: "350."
Minä: "Korotit hintaa!"
Paco: "Aloit syyttämään minua jostain sellaisesta, mikä ei ole totta."
Minä: "350. En missään nimessä maksa sitä hintaa. Vähintään 10 vähemmän kuin alkuperäinen tarjous eli 330."
Paco: "345."
Minä: "Maksan 400."
Paco: "Kiinni veti."
En ole hänen alennuksistaan riippuvainen.

40

Paco: "Paco auttaa aina, kun tarvitset jotain. Soita vain minulle!"
Minä: "En soita. Soitan hänelle", ja osoitan naisen suuntaan.
Paco: "Älä soita hänelle."
Minä: "Haluan kantoapua."
Praha: "Minä tulen auttamaan. Sinä voit, Paco, jäädä autolle."

Paco katsoo hyväksyvästi ja nainen astelee minua kohti.
Minä: "Paco. Saat mahdollisuuden korjata elämäsi suurimman virheen sen. Minä ja hän. Kahden kesken?"
Paco: "Menkää te vain. En koe kovinkaan uhkaavaksi vihjaustasi. Äskeinen näytteesi kaupankäyntitaidoista oli sen verran vaatimaton"

Käteni tärisevät. Avaan portin ja kävelemme Miami Beach-huoneiston porttikongiin.

Praha: "Oletko kunnossa?"
Minä: "Olin pari minuuttia sitten aivan loppu. Nyt olen elämäni kunnossa."

Olemme juuri saapumassa asunnon sisäänkäynnille, ja naisen puhelin soi.

Prahat: "Paco soittaa. Vastaanko?"
Minä: "Älä vastaa. Hänen aikansa meni jo."
Praha: "Ole kärsivällinen. Minun ja sinun aika tulee vielä."
Minä: "Se on nyt. Aina."

Nainen kääntää puhelimen äänettömälle ja työntää kätensä kasvoilleni. Suutelemme kiihkeästi ja kaadumme lattialle. Kierimme kohti kylpyhuonetta. Saan avattua suihkun hanan. Vesi suihkuaa vaatteidemme päälle, ja hetkessä olemme liti-

41

märkiä. Hän repii suihkuverhon alas, ottaa minua hiuksista ja kuulen susien puhuvan kuulle. Valon sisaret tanssivat.

DON'T CRY

Kävelen Puerto Ricon ostoskeskuksen vierustaa. Paahde on helvetillinen. Pystyn seuraamaan, kuinka ihoni muuttaa väriä aurinkosuihkussa. Vielä muutama tunti UV-säteilyä, niin käsivarteni näyttävät kauniimmilta kuin koskaan. Harjoituksen myötä veri on pakkautunut, tuonut suonet pintaan ja aiheuttanut upean turvotustilan *biceps brachii* -lihaksessa. Tunnen ihailijoiden katseet kävellessäni. Vaikka se on arkipäivää, en koskaan totu olemaan kaiken keskipisteenä. Jostain kuuluu Phil Collinsin In The Air Tonightin alkusoitanta. Pysähdyn. Lähden seuraamaan ääntä.

Ostoskeskuksen vilinä loppuu kuin seinään kulman takana. Suuntaan sivukujalle. Auringosta ei ole enää tietoakaan. Kulkuväylä kapenee, ja pois pääsee enää samaa reittiä takaisin. Kävelen betoniportaita alas. Kuja päättyy. Se päättyy puiseen oveen, jossa lukee Wigwam. Musiikki kuuluu sieltä. Haluan avata. Elämässä on olemassa ovia, jotka avattuaan ei voi sulkea. Tämä on yksi niistä. Toisaalta haluan katsoa, mitä tämän takana on. Kääntämättömyyden taakka on raskaampi kannettavaksi.

Raotan ovea. Sen takaa avautuu pimeä ja puolityhjä ravintola. Harvat asiakkaat ovat omissa oloissaan. Istuvat kulmapöydissä jähmettyneinä. Seinillä täytettyjä eläimiä, intiaanien aseita, päähineitä ja värikkäitä maalauksia, jotka näyttävät kertovan verisistä taisteluista. Nuo kuolleet sielut katsovat minua. Katson takaisin. En pelkää heitä. Nuori, vaaleahiuksinen tyttö itkee yksin kulmapöydässä. Kaikki muu on pysähtynyt. Onko mikään muu kuin tyttö edes elävää? Paljon

43

tupakansavua. Collins soi vaimeasti. Seison. Itkevä tyttö nousee kulmapöydästä ja lähestyy.

Laura Palmer: "Tervetuloa. Teidän pöytänne on tässä", hän sanoo kyynelten valuessa vuolaasti rinnuksille.

Tyttö näyttää upealta vaaleassa mekossaan, vaikka suru on käsin kosketeltava. Juuri se surun ja kauneuden kakofonia tekee hänestä upean. Haluaisin lohduttaa häntä, suudella hellästi kaulaa.

Minä: "Te itkette. Se on kurjaa. Voinko auttaa Teitä jotenkin?"
Laura Palmer: "Et voi auttaa, vaikka haluat. Olen kuollut."
Minä: "Voin silti yrittää auttaa. Tämä on upea kappale. Saanko luvan tanssia kanssanne? Se on kaunis kappale. Jos tanssimme, se saattaa helpottaa oloanne."
Laura Palmer: "Se kappale ei ole vielä ilmestynyt."

Rintakehäni puristuu kasaan. Tämä kaikki tapahtuu. Joskus kohtalo heittää pilven hattaralta pimeimpään tunneliin, jonne muiden mahdoton nähdä on. Mitä kovempaa taistelet, sitä tiukemmin sinut kahlitaan.
Minä: "Mistä tunnemme?"
Laura Palmer: "Sinä surmasit minut. Vaikka rakastit minua. Kaikki rakastavat Laura Palmeria."
Minä: "Rakastan sinua. En surmannut sinua. Miksi teet tämän minulle, Laura Palmer?"
Laura Palmer: "Tämä lapsi, jota sisälläni kannan, on sinun. Meille jokaiselle annetaan sen verran syntiä kannettavaksi kuin me jaksamme kantaa. Joillekin enemmän, joillekin vähemmän."
Laura Palmer näyttää kädellään ravintolan kulmaa kohti. Pöy-

44

dässä on varttunut nainen. Hänellä on yllään iltapuku. Nousen pöydästä ja lähden kävelemään kohti. Hän on naapurini Annie.

Minä: "Annie. Mitä sinä teet täällä?"
Annie: "Tervetuloa Wigwamiin. Nyt katson sinua silmiin, ymmärrän kaiken. Me kaikki rakastamme Laura Palmeria."
Minä: "Pyydän, Annie. Puhu jotain muuta."

Silmistäni vuotaa vesi. Polvet alkavat pettää alta. Lyyhistyn maahan. Tuo ovi, josta astuin, ei kuitenkaan ollut väärä. Annie ja Laura katsovat minua rauhallisesti.

Laura: "Tässä se nyt sitten on."
Minä: "Mikä?"
Laura Palmer: "Kaikki. On sinun vuorosi."

Laura ojentaa mikrofonin minulle. Nousen vaivoin polvilleni. Kädet tärisevät edelleen ja vesi valuu silmistäni. Laura ottaa minusta tiukasti kiinni ja työntää kätensä paidan sisääni. Rintaani ei purista enää. Annie katsoo kaihoisasti. Seinillä olevat sotaisat sielut rauhoittuvat.

Laura Palmer: "En halua enää itkeä."
Minä: "En minäkään."

Kuulen balladin ensisävelet. Se on hyvin tuttu. Alan laulamaan samalla, kun tanssimme hitaasti ympyrää. Lauran huulet ovat silkkiä, kun suutelemme. En halua koskaan pois.

"Talk to me softly
There's something in your eyes
Don't hang your head in sorrow
And please don't cry

45

I know how you feel inside I've
I've been there before
Something's changing inside you
And don't you know

Don't you cry tonight
I still love you baby
Don't you cry tonight
Don't you cry tonight
There's a heaven above you baby
And don't you cry tonight

Give me a whisper
And give me a sigh
Give me a kiss before you tell me goodbye
Don't you take it so hard now
And please don't take it so bad
I'll still be thinking of you
And the times we had...baby

And don't you cry tonight
Don't you cry tonight
Don't you cry tonight
There's a heaven above you baby
And don't you cry tonight

And please remember that I never lied
And please remember how I felt inside now honey
You got to make it your own way
But you'll be alright now sugar
You'll feel better tomorrow
Come the morning light now baby
And don't you cry tonight

46

And don't you cry tonight
And don't you cry tonight
There's a heaven above you baby
And don't you cry
Don't you ever cry
Don't you cry tonight
Baby maybe someday
Don't you cry
Don't you ever cry
Don't you cry
Tonight"

SMOUKEY JA LENTÄJÄNTAKKI

Aamupäivä sarastaa Puerto Ricossa. Linnut laulavat ja elämä hymyilee. Se kaikki on tuolla ulkopuolella. Elämä juoksuhaudassa ei ole herkkua. Sälekaihtimia varovasti raottamalla on hyvä ottaa vihollisia jyvälle. Viitoitettua tietä kyseenalaistamatta motiiveja on helppo edetä. Valitun strategian ennustettavuus vapauttaa osaston voimavaroja ja pitää rintaman yhtenäisenä. Elämän tetrispalikat loksahtavat kohdalleen, kun keskustelu päättyy valinnan jälkeen. Siinä hän on. Kunnes lopulta sulkee itsensä armon ulkopuolelle ja muumioituu kiinni sälekaihtimiin.

Taskussa piippaa tekstiviesti tuntemattomasta numerosta.

"Mene Ulvovaan Mylläriin! Kysy Smoukeyta. Olette samassa veneessä."

Laitan sortsit, t-paidan ja juoksukengät jalkaan. Ryntään ulos ja paiskaan oven kiinni. Hyppään sisäpihan portin yli ja lähden juoksemaan kohti Ulvovaa Mylläriä. Syke on heti korkealla. Noin tuhannen metrin matka on nyt edettävä niin nopeasti kuin mahdollista. Tuntuu pahalta, mutta tahti on pidettävä. Kampean itseni voimattomilla jaloilla yläkerran terassille. Vastaan tulee tarjoilija.

Tarjoilija: "Olette hengästynyt. Onko kaikki hyvin?"
Minä: "Ei. Missä Smoukey?", saan sanottua.
Tarjoilija: "Kuka kysyy?"
Minä: "Kerrotko, että häntä kaivataan?"

Tarjoilija: "Istukaa ja rauhoittukaa. Odota hetki."

Hengitys tasaantuu. Kukkaruukusta iso kulaus vettä. Mies lentäjäntakissa lähestyy ja istuu viereeni.

Smoukey: "Ehdit juuri ja juuri. Taksini lentokentälle lähtee 15 minuutin kuluttua. Enkä palaa."
Minä: "Hienoa, kun tulitte. Kuka Te olette, Smoukey?"
Smoukey: "Kontaktisi. Kun saavut Amerikkaan. Tapaamme New Yorkin kentällä 2018."
Minä: "Kerro minulle Amerikasta."
Smoukey: "Lähdin 90-luvulla Miamista kaveriltani ostamallani Dodgella Kaliforniaan. Osallistuin Jacksonvillessa Street Survival -seminaariin, jossa tapasin Whitesnakin David Coverdalen. Hän sanoi: Lähdetään Amerikan halki, ja sinun ei tarvitse tehdä päivääkään töitä. Kävelimme 11th streetille. Siellä autoni. Istuin pelkääjän paikalle ja annoin avaimet Davidille. Radiosta Mamas and Papasin San Francisco. Coverdale hymyili, käänsi äänet kovemmalle ja löi kaasun pohjaan. Kumit ulvoivat ja auto pyöri ympyrää asfaltilla. Ihmiset kadulla alkoivat hurrata. Kitka tarttui renkaisiin, auto kääntyi kohti länttä. Osa juoksi peräämme. Vauhti kiihtyi vaalean pellavatukan hulmutessa kesätuulessa. Kun mittari ylitti sadan mailin tuntinopeuden, ilmestyi moottoripyöräilijä rinnallemme. Kädessään tähtisädetikku. Silmät loistaen yritti huutaa jotain, mutta emme kuulleet musiikin ja moottorin jylistessä. David otti tähtisädetikun ja moottoripyörä jättäytyi matkasta. David sanoi: "Ei päivääkään" heittäen palavan tähtisädetikun ikkunasta. Se leijaili hetken. John Phillips valmistautui viimeiseen kertosäkeeseen. Fantastinen ääni kajautti ilmoille viimeisen kerran "San Francisco", ja tähtisädetikku tippui asfalttiin. 11th Street syttyi räjähtäviin

liekkeihin. Elämäni oli muuttunut. Sen jälkeen olen ampunut useita ihmisiä."

Minä: "Uskomatonta."

Smoukey "Niin on."

Minä: "Kertooko Miami Beachin huone 323 amerikkalaiselle jotain?"

Smoukey: "Saatan pystyä auttamaan. Ihailetteko Amerikkaa?"

Minä: "Tavallani kyllä."

Smoukey: "Minun pitää lähteä lentokentälle. Mene kotiin ja odota. Saat kirjeessä lisäohjeita parin päivän kuluessa. Tapaamme siis 2018. New Yorkissa."

Vieressämme soi kovaan ääneen ravintolan lankapuhelin. Smoukey katsoo epäilevästi.

Smoukey: "Taitaa olla sinulle. Vastaa."

Minä: "Sinun vuorosi."

Puhelin jatkaa soimistaan. Henkilökunnasta kukaan ei reagoi. Se soi ja soi. Smoukeyn kasvot muuttuvat ahdistuneeksi. Sydämeni hakkaa. Smoukey laittaa käden taskuunsa ja pitää sitä siellä. Hän saattaa hyökätä. Tartun välittömästi hänen ranteestaan kiinni.

Minä: "Älä yritäkään."

Smoukey: "Vastaa."

Minä: "En. Tästä ei ole ulospääsyä. Minä noudatin käskyä tulla tänne."

Smoukey: "Miksi teet tämän minulle?"

Minä: "Olemme samassa tehtävässä. Vastaa puheluun."

Smoukey: Lentoni lähtee."

Minä: "Unohda. Tästä ei ole ulospääsyä."

Smoukey "En voi."
Minä: "Tämä puhelu tuli yllätyksenä. Pääset takaisin kauneuteen. Lupaan sen."

Smoukey nyökkää hyväksyvästi, ja tärisevin käsin nostaa luurin. Kääntyy selin puhumaan puhelimeen.

Lähden takaisin asunnolleni.

TOIMITUS ON NOUDETTAVISSA

Minun piti hoitaa tämä jo monta päivää sitten. Asiat ovat sotkeutuneet. Outoja asioita tapahtuu koko ajan. Joka tapauksessa minulla on selkeät tuntomerkit miehestä, joka minun pitää etsiä. Kaula täynnä demonitatuointeja. Olen luvannut hakea toimituksen viimeistään tämän viikon sunnuntaina, eli 27.3. Kävelen kapeita portaita alas. Astun ostoskeskuksen kellarikerroksen sivukujalla sijaitsevaan punttisaliin. Silmät lepäävät, kun näen, mitä ympäriltäni löytyy. Käsipainoja, laitteita, levytankoja, penkkipunnerruspenkki, kyykkyteline, Scott-penkki, roomalainen vatsapenkki, vapaita painoja, isoja peilejä. Kyllä tämä totta on. Suurin osa harrastevoimailijoista ei osaa edes unelmoida tällaisesta: vapaiden painojen harjoittelualueella siintää Leokon painot ja penkkipunnerruspenkki. Kaljupäinen mies iskee nyrkkeilysäkkiä intensiivisesti, mutta lopettaa huomatessaan minut. Käsipainoilla yhden käden pystypunnerrusta tekevä mies katsoo peilistä ja asettaa painot telineeseen. Vilkaisen takaisin, nostan päätäni ylemmäs sen merkiksi, että en tullut peruuttelemaan, mikä tosin vaikuttaa juuri nyt absurdilta. Tiskin vieressä istuu noin 130 kiloinen tatuoitu espanjalaismies, joka katsoo epäilevästi. Kaula täynnä demonitatuointeja.

Minä: "Te olette Jose, oletan. Tulin harjoittelemaan. Mutta nykyään asiat eivät ole kuin 90-luvulla."
Jose: "Vai niin", mies tiskin takaa vastaa.
Minä: "Monien mielestä 90-luvun alussa tähdet loistivat kirkkaammin."
Jose: "Ja miksi luulet, että olen kiinnostunut?"
Minä: "En luule tai oleta mitään. Mitä mieltä sinä olet?"

52

Jose: "Olette väärässä paikassa ja vuosikymmenellä."
Minä: "Mitä jos sanon, että teillä on minulle jotain?"
Jose: "Painu helvettiin."

En ole tervetullut, mutta on pakko jatkaa keskustelua.

Minä: "Tuon terveisiä."
Jose: "Vai niin. Kuulitko äsken, mitä sanoin? Sinulla on todella kova kiire painua tuosta ovesta takaisin." Mies korottaa ääntään ja astuu lähemmäs. Satunnaiset harjoittelijat siirtyvät nopeasti salin toiseen päähän näkymättömiin. Eivät ole huomaavinaan.

Minä: "Yksi tähdistä sammui vuonna 1998."

Jose astuu ulko-ovelle, lukitsee sen ja laittaa verhot ikkunoiden eteen. Olen ylittänyt kriittisen rajan.

Jose: "Varoitin sinua.

Päiväni saattavat päättyä pian. Nyt ei ole kuitenkaan mahdollisuutta perääntyä.

Minä: "Minulla on kaipaamasi valokuva mukana. Hoidetaan homma nyt, niin kuin sovittu.

Olemme noin 10 sekuntia hiljaa.

Jose. "Meidän on molempien syytä rauhoittua. Tiedän, kuka olette. Haluaisitteko harjoitella ensin?"

Minä: "En tänään, kiitos. Tein eilen vuoden parhaan harjoituksen"

53

Jose: "Annan kortin, sillä voit kulkea aukioloaikoina aina, kun haluatte harjoitella. Mennään tuonne takahuoneeseen neuvottelemaan".

Jose: "Tapaat Pappatunturi-baarin edessä viidentoista minuutin kuluttua tummatukkaisen miehen, joka on pukeutunut siniseen neuleeseen, aurinkolaseihin ja farmarihousuihin. Ette puhu mitään. Annat rahat ja hän antaa paketin. Puolen tunnin päästä. Ymmärretty?"
Minä: "Asia selvä."
Jose: "Hyvä. Olemme nyt kauppakumppaneita, ja voit käydä täällä harjoittelemassa. Mutta se, mitä sanoit 90-luvusta. Siitä ei enää sanaakaan."
Minä: "Huuleni ovat sinetöidyt."

Ojennan valokuvan, jossa Frank seisoo korjaamonsa edessä, Joselle ja nyökkään myöntävästi. Hän avaa oven ja ohjaa minut ulos. Kävelen Pappatunturin eteen. Ei näy. Siirryn porttikongiin odottamaan. Odotan muutaman minuutin, kunnes kadun toiselta puolelta kävelee tuntomerkkeihin sopiva mies. Luon katseen. Mies vastaa nyökkäämällä. Pysyn paikoillani, ja mies lähestyy minua, kunnes on vieressäni.

Minä: "Frank, se olet sinä."

Hän ei reagoi millään tavalla, ja ojennan rahat oikealla kädellä kirjekuoressa. Hän sujauttaa kirjeen taskuunsa ja antaa mustan salkun minulle. Jatkaa matkaansa kadoten Puerto Ricon rannan suuntaan. Sanomatta sanaakaan. Auto on jäänyt kuntosalin lähelle kaupankäynnin ajaksi. Se saa jäädäkin. Tilaan taksin, jotta pääsen nopeasti asunnolleni.
Saavun asunnolleni. Laitan oven turvalukitukseen ja verhot kiinni. Asetan salkun sohvalle. Avaan sen varovasti. Epä-

54

määräinen paperikäärö. Sisältö paljastuu. Teen pikaisen tarkastuksen. Kielet paikallaan. Kaiverrukset "The Super Earl" oikeassa kohdassa. Puumateriaali 1940-luvulta. Ei entisöintejä. Ohut lohkeama. Earl'sin nimikirjoitus. Kyllä se tämä on. Ei voi olla väärennös. Minulla on käsissäni kymmenien tuhansien dollareiden banjo! Tämä on mahtavaa. Kuulen, kun John Phillips korottaa ääneensä David Coverdalen autossa. San Franciscon kertosäkeet täyttävät tajuntani. Missä olet, Smoukey!?

ASUNTONÄYTTÖ

Hypistelen banjoa tyytyväisenä ja tavailen mielessäni kappaleita. Maailma on mahdollisuuksia täynnä, ja vastakkainasettelu on turhaa. Irtisanoutuminen lahkoista ja jatkuvasti hereillä pysyminen kuitenkin lienee oikea tie. Kuin tarhuri, joka poimii mehukkaimmat hedelmät ja tarjoilee ne siivuina hymyilevälle elämän alttarille. Toisaalta osa-aikaista spiritismiäkään ei kannata sulkea pois.

Joku koputtaa oveen ja ulkoa kuuluu musiikkia. Jätän banjon sohvalle ja avaan oven. Jeff! Hän seisoo hymyillen kädessään punainen kypärä ja Sony-kasettisoittimensa. Survivorin Burning Heart soi, ja hän yrittää huutaa sen päälle jotain. Viiton, että hän säätäisi äänenvoimakkuutta pienemmälle. Hän vaimentaa äänen.

Minä: "Nyt kuuluu!"
Jeff: "Nyt lähdetään!"
Minä: "Selvä!"

Ei ole aikaa miettiä. Tilanne on selvästikin sellainen, että on aikaa valita vain yksi asia mukaan. Haen banjon sohvalta. Nostan sen ilmaan ja katson Jeffiää.

Minä: "Tämä lähtee mukaan!"
Jeff: "Ehdottomasti! Tuosta on varmasti apua."
Minä: "Mihin mennään?"
Jeff: "Vuosisadan mahdollisuus on käsillämme! Tässä sinulle kypärä. Laita heti päähän!"
Minä: "Paljon matkaa?"

56

Jeff: "Kysymysten aika on ohi. Nyt mentiin!"

Jeff juoksee ovesta ulos. Laitan Jofa-kypärän päähän, paiskaan oven kiinni perässäni ja kiihdytän perään. Juoksen sisäpihaa pitkin, ja olen jo menettänyt näköyhteyden Jeffiin. Kulman takana kadulla näkyy taksi ovet auki. Sen on pakko olla tuo. Juoksen kohti autoa ja syöksyn etupenkille. Kaadun kuskia päin. Lyön oven kiinni ja katson takapenkille. Jeff makaa takapenkillä pää jalkatiloissa ja nauraa hysteerisesti.

Minä: "Ehdit"
Jeff: "Kyllä!"

Kuski lyö kaasun pohjaan, ja nopeus on hetkessä huima. Kypärä tippuu kiihdytyksen voimasta silmilleni. Nostan sen takaisin paikoilleen ja katson nopeusmittaria. Yli 120 kilometriä tunnissa. Nousemme mäkeä pitkin kohti kaupungin korkeinta kohtaa.

Minä: "Toivottavasti mahdollisuus on jossain lähellä!? "
Jeff: "Kyllä! Tämä mahdollisuus on kerran vuodessa ja kestää vain muutaman minuutin. Olemme kohta perillä."

Lähestymme umpikujaa kovaa vauhtia. Nopeutta on liikaa. Jos nyt ei tule äkkijarrutusta, niin minä ja kaikki tässä autossa vaivumme ikiuneen. Elämä vilisee silmissäni. Kuski repäisee käsijarrun äärimmilleen ja kääntää rattia oikealle. Auto kääntyy vasemmalle kallelleen, ja sepeli lentää ikkunoista. Oikea puoli autosta on ilmassa, ja lähestymme seinää. Vauhti tippuu, osumme katukivetykseen ja auto kellahtaa takaisin renkailleen. Kuski pyyhkii hikeä otsaltaan.

Jeff: "Se on tämä. Nyt ulos!"

Minä: "Upea paikka kieltämättä."

Jeff heittää nipun seteleitä taksikuskille ja hyppää ulos. Astun kadulle.

Jeff: "Jää tähän banjon kanssa ja yritä herättää huomiota! Pyrin takaovesta sisään. Aika on loppumassa."
Minä: "Antaa palaa!"

Jeff juoksee omakotitalon taakse, ja minä jään kadulle. Asetan kasettisoittimen maahan. Käännän äänet kovemmalle, Burning Heart soi edelleen. Tavailen banjoa kappaleen tahtiin ja laulan kovaan ääneen kappaleen sanoja. Kasettisoittimien, banjon ja epävireisen lauluäänen kakofonia takoo ympäristöä.

Jostain alkaa lentää tennispalloja asfalttiin. Mistä nämä tulee?! Ilmeisesti olen onnistunut tekemään meteliä. Niitä osuu vartalooni. Nostan päätäni ja näen parvekkeella pukumiehen, joka tähtää minua tennispallotykillä. Hän osoittaa kahdella sormella itseään silmiin ja sitten noilla samoilla sormilla osoittaa minua. Vaikuttaa siltä, että hän tähtää suoraan päähän.

Pukumies: "Viimeinen varoitus! Mene pois tai ammun"

Lisään äänenvoimakkuuden äärimmilleen. Otan ryhdikkään asennon. Mies nostaa kätensä ylös tulikomennon merkiksi ja heilauttaa sen alas. Rypäs uudenkarheita Slazenger-palloja lähestyy kasvojani. Käännän päälaen eteen. Pam! Keskelle Jofaa, josta ne pomppivat asfaltille vierimään.

Tennispallosade on päättynyt. Katson ylös. Jeff viittoo käsiään samalta parvekkeelta, josta annettiin tulikomentoja

58

hetki sitten. Hän kättelee pukumiehen kanssa. Mistähän on kysymys?

Jeff: "Asunto on minun! Kiinnitit heidän huomionsa, menin takakautta sisään ja kestit tennispallosateen! Kiinteistövälittäjä arvosti taktiikkaamme ja suostui heti tekemään kaupat."
Minä: "Onnittelut!"
Jeff: "Tule tänne ylös. Pidetään juhlat!"
Minä: "Mitkä juhlat?"
Jeff: "Levynjulkistusjuhlat!"
Minä: "Mikä levy?"
Jeff: "Kaksi levyä samana päivänä! Use your Illusion 1 sekä Use your Illusion 2."
Minä: "Uskomatonta. Tulen heti!"

KIRJE

Musiikki soi edelleen päässäni, vaikka juhlat loppuivat jo aamuyöllä. Nyt on ruvettava töihin. Katson asuntoni seinää ja kuuntelen ympäristöä. Hetki sitten oli sähkökatkos. Yksi sähkökaapin vivuista on ala-asennossa. Se on joko painunut alas liikakuormituksesta, tai kysymyksessä on sabotaasi. Viereisistä asunnoista kuuluu epäselvää keskustelua. Jossain on televisio päällä. Smoukeyn lupaamaa kirjettä ei tullut. Siitä on jo kaksi päivää.

Jostain kuuluu metallioven lukon napsahdus. Lasken vesilasin pöydälle ja pidätän hengitystä. Ääni uudestaan. Erotan lähentyviä askeleita porttikongista. Olen liikkumatta ja tunnen, että joku on vieressä. Olen edelleen hengittämättä ja kuulen tiheämmät askeleet. Kuulostaa kuin joku olisi avannut metallisen vetolaatikon ja laittanut sen kiinni. Odotan hetken ennen kuin menen katsomaan. Avaan ulko-oven. Pimeää. Astun lähemmäs ja erotan metalliritilöiden välistä valkoisen kirjekuori. Avaan postilaatikon, otan kuoren ja kävelen takaisin sisälle. Konekirjoituksella kirjoitettu neljään osaan taitettu arkki.

"Enempää ei ole.

Käännyt GC500-tieltä Tauriton kohdalta liittymästä pois. Ajat Barranco Del Taurito -tietä 30 kilometriä saaren keskiosaan. Mutkitteleva vuoristotie, jota ei ole valaistu. Matkalla on pieniä maatiloja ja viljelmiä. Embaisa Del Soria -järven jälkeen vasemmalle puolelle jää pieni kylä. Ajat kylän ohi. Vasemmalla puolella tietä lukee vanhan majatalon kyltti Casa Nuevo. Ajat

60

sen jälkeen noin 300 metriä ja käännyt huonokuntoiselle tielle. Tien päässä on vaaleansininen kreikkalaistyylinen kivitalo ja vieressä varastorakennus. Pihassa on neljä oliivipuuta. Naapurisi Annie on poistunut saarelta. Paul menehtyi auto-onnettomuudessa viime viikolla."

Luen kirjettä läpi uudelleen ja uudelleen. Tiesin, mihin olen ryhtynyt, mutta tämä alkaa olla liikaa. En ole ollut turvassa enää aikoihin. Anniekin on lähtenyt saarelta Smoukeyn kirjeen mukaan. Onko Annieta uhkailtu sen takia, että hän asui minun naapurissani ja tiesi Billystä jotain? Tässä on selvä linkki minuun. Paul, joka tunsi Billyn, on kuollut kirjeen perusteella. Entä Smoukey? Ehtikö hän lentoon, vai mitä tapahtui? Frank antoi minulle toimituksen eikä ollut tuntevinaankaan. Istun paikallani niin kauan, kunnes väsymys valtaa mielen. Paholaisen ja enkelin taistelunomaista tanssia, joka voi päättyä miten tahansa. Huomenna minä lähden.

61

EMBAISA DEL SORIA

Asiat eivät ole muuttuneet yön aikana. Minulla on epä-määräinen kirje, joka sisältää tarkat ajo-ohjeet. On seurattava niitä johtolankoja, jotka ovat käsillä. Mitä enemmän tilan-netta puntaroin, sitä kaoottisempana se näyttäytyy.

Puerto Ricon valot ovat hävinneet. Saavun Taurito-kylän kohdalle ja pysäytän auton tien viereen. Katson ympärilleni ja näen Toro Rancho -ravintolan valokyltin noin sadan met-rin päässä etuvasemmalla laaksossa. Edessä on kapea ylöspäin viettävä asfalttitie. Ilma on kostea ja kylmä. Astun takaisin autoon ja jatkan eteenpäin.

Tie kaartelee voimakkaasti, ja oikealla alhaalla on pudotus vuoren rinnettä. Näkyvyys on olematon pitkilläkin ajova-loilla. Jyrkät kaarrokset tekevät mahdottomaksi arvioida, tu-leeko joku vastaan kurvin takaa. Ajan keskittyneesti. Tie jat-kuu ja viettää koko ajan ylöspäin. Liikennemerkit heijastuivat kirkkaana valoista. Ne varoittavat kivien putoamisesta tielle, metsäpaloista ja jyrkistä kurveista. Muuten on pilkkopimeää. Olen ajanut puoli tuntia kohtaamatta mitään liikennettä.

Erotan etuvasemmalla tien viereen pystytetyn puisen merkin, joka on kallellaan. Huoltoasema! Kolkon kivirakennuksen pihalla on muutama muovituoli ja huonokuntoinen bensiini-pumppu. Ajan pihaan ja paikka on kuin onkin jollain tavalla elossa. Auto valaisee sisätilat ison ikkunan läpi. Jätän auton bensiinipumpun viereen ja lukitsen ovet. Astun etuovelle ja kokeilen kahvaa varovasti. Pienen pöydän ääressä istuu vanha espanjalaismies. Hän katsoo minua. Yllään tummanvihreä

62

neule ja ruskea hattu. Mies nousee rauhallisesti seisomaan ja viittoo minut istumaan pöytään kanssaan.

Istun pyynnöstä alas ja olemme vastakkain. Mies ottaa taskustaan tupakka-askin ja osoittaa sitä. Otan savukkeen, jonka mies sytyttää minulle. Katselen ympärilleni. Teen pieniä savurenkaita, jotka haihtuvat huoltamon utuiseen sisätilaan. Tumppaan tupakan ja nousen pystyyn. Ojennan käteni kättelyn merkiksi. Hän empii pitkään. Seison paikallani ja pidän kättä edelleen ojossa. Lopulta hän tarraa tiukasti oikeaan käteen.

Mies: "Loppujen lopuksi olemme kaikki yksin"
Minä: "Minun on jatkettava matkaa järvelle"

JÄRVI

Saavun syrjäiselle sivutielle. Kello on vähän yli kymmenen. Avaan ikkunat ja kuulen voimakkaan veden kohinan. Embaise De Soria -järven ranta on luultavasti lähellä. Hidastan vauhtia. Tien pinta muuttuu pian kovaksi. Olen ajanut jonkinlaiselle tasanteelle. Edessä nousee valtava seinä, tie päättyy tähän. Pysähdyn, nousen autosta ja annan silmien tottua pimeyteen. Vähitellen alan hahmottaa oikealla puolella voimakkaasti virtaavan veden. Edessäni vasemmalla puolella on betoninen koppi, joka muistuttaa jonkinlaista huoltotilaa. Se on aidattu piikkilangoin pienelle tasanteelle, josta on jyrkkä pudotus. Piikkilanka-aitaan on kiinnitetty useampi ränsistynyt kyltti, jossa ilmoitetaan asiattoman oleskelun olevan kielletty ja hengenvaarasta.

Lähden selvittämään mitä huoltokopissa on. Näyttää siltä kuin sitä ei olisi käytetty vuosiin. Lukitsen auton ja kävelen lähemmäs aidattua aluetta. Löydän sivustalta kohdan, josta voi päästä kulkemaan ryömimällä aidan ali. Minulla ei ollut mitään työkaluja, mutta voisin kuitenkin yrittää läpi. Aukko on melko pieni, mutta saatan mahtua siitä. Paita ja housut joka tapauksessa suojaisivat hieman piikkilangoilta. Ryömin aukosta läpi. Tunnen heti juuttuvani. Käännän katsetta olkani yli pulssin noustessa. Yksi piikeistä on lävistänyt hihan. Vedän keuhkot täyteen happea ja repäisen koko voimalla oikealla kättäni. Piikki viiltää oikeaa ojentajaani kivuliaasti ja paita repeytyy. Kaadun aidan toiselle puolelle veren valuessa kädestä. Nousen pystyyn ja otan juoksuaskelia kohti pientä betonirakennusta. Veden virtaus kuuluu entistä voimakkaampana.

64

Otan ison kiven maasta, nostan sen ilmaan ja heitän rakennuksen puista ovea päin. Teen hyppypotkuja oveen, joka vaikuttaa murenevan. Haen vauhtia noin kymmenen metrin päästä. Otan kiven syliini, kiihdytän vauhtia, kunnes törmään oveen ja ovi hajoaa iskun voimasta. Kaadun betonilattialle. Sytytän valon puhelimeeni ja tutkin paikkaa sen avulla. Kirjoituspöytä, muutama tuoli eikä juuri muuta. Pengon tavaroita ja löydän vanhoja mustekynällä tehtyjä lokikirjoja. Muistiinpanoja lämpötiloista ja pinnan korkeudesta patoaltaassa. Päiväkirja, jonka päiväykset ovat noin 15 vuoden takaa. Tiedän, että tässä on jotain. Etsi. Selaan kirjaa kiivaasti, kunnes käteni jähmettyvät. Kylmät väreet täyttävät vartaloni. Runo, joka on päivätty lokakuussa 1998. Luen sen itselleni ääneen:

"Sut mahdotonta nähdä on
mutta aina täällä tunnen sen
otteeseen toispuoleisen
kuolemasi koko saaren sai sen

Aamu toi, ilta vei
Mut Samppaa unohdeta ei
Aamu toi, ilta vei
Mut Samppaa unohdeta ei

Kerrotaan Ingelsin loisteen
sut hetkeksi valaisseen
Kasbahin portaille vielä tänään istuneen
ne tarinoita on, mutta sun haamu totta on
Aamu toi, ilta vei
Mut Samppaa unohdeta ei
Aamu toi, ilta vei
Mut Samppaa unohdeta ei

Aina mielessäsi kutsua voit
kun rauhassa istahdat pois
Embasia järven huoltokopissa
kun odottelet, tunnet saapuvan sen
Sielun Samppa Huomisen

Aamu toi, ilta vei
Me Samppaa unohdeta ei
Aamu toi, ilta vei
Me Samppaa unohdeta ei"

Tämä on minun kirjoittamani. Kirjoitin sen lentokoneessa kuukausi sitten. Ränsistynyt huoltokoppi, ja puhelimen himmeässä valaistuksessa julistan kovaan ääneen uudestaan ja uudestaan sanoja: *"Sut mahdotonta nähdä on. Mutta aina täällä tunnen sen. Otteeseen toispuoleisen. Kuolemasi koko saaren sai sen."*

Runo, joka on päivätty lokakuulle 1998. Tämä on minun tekstiäni. Tämä ei voi olla totta. Nyt on lähdettävä.

Nappaan päiväkirjan mukaan ja syöksyn pää edellä hihanpalasia roikkuvaa aitaa kohti. Piikit viiltävät nyt vatsaani. En tunne mitään. Juoksen kohti autoa. Avaan oven niin nopeasti kuin pystyn. Käynnistän moottorin, laitan vaihteen päälle ja lyön kaasun pohjaan. Katson koppiin.

"Miksi?!" Huutoni vaimenee veden jylinään.

18 and life, you got it, 18 and life, you know … soi radiossa. Kädet puristavat rattia ja adrenaliini virtaa suonissa. Vastaan tulee puomi, jota ei ollut tänne tultaessa. Suljen silmät, otan jalan pois kaasulta ja annan elämän tippua. Auto on liik-

66

keessä kunnes tunnen voimakkaan iskun. Avaan silmät, ja auto on pysähtynyt tielle poikittain. Moottori käy, vaikka auton keula on pahasti vaurioitunut. Ilmeisesti olen kunnossa.

TÄYSI VAKUUTUS

Aamupäivä sarastaa Puerto Ricossa. Seison autovuokraamon edessä. Auton keula on kasassa ja lähes viikon myöhässä sovitusta palautuksesta. Parempi myöhään kuin ei milloinkaan. Tilanne on kiusallinen. Hyvä kuitenkin, että törmäyksestä puomiin selvittiin ilman henkilövahinkoja.

Astun sisälle vuokraamoon. Tiskin takana istuu sama mies, jonka kanssa asioin vuokratessani auton. Katsoo elokuvaa VHS-soittimesta. Kääntää päätään alaspäin ja katsettaan yläviistoon silmälasien yli luodakseen mahdollisimman suoran näköyhteyden minuun ja painottaakseen tilanteen vakavuutta. Koska tämä ei hänen mielestään vielä riitä tarpeeksi korostamaan vilpitöntä pettymystä siihen tapahtumaketjuun, joka alkoi siitä, kun allekirjoitin auton vuokrasopimuksen ja joka on nyt mitä ilmeisimmin saamassa jonkinlaisen loppuhuipennuksensa, hän pudistelee päätään sivuille ja vaikeroi hiljalleen..

Vuokraamomies: "Minä luotin Teihin … Minä luotin Teihin … En olisi uskonut …"
Minä: "Olen pahoillani."
Vuokraamomies: "Haluan, että menet pois."
Minä: "Tuli hieman ongelmia. Olen pahoillani."
Vuokraamomies: "Minulla on tämä elokuva kesken. Mene pois ja tule myöhemmin selvittämään sotkusi. En kyllä usko, että se koskaan enää mahdollista."
Minä: "Onko tuo Rambo-elokuva, jota katsot? Mahtavaa!"
Vuokraamomies: "On."
Minä: "Saanko istua ja katsoa myös?"

68

Vuokraamomies: "Röyhkeydellänne ei ole mitään rajaa. Olen yrittänyt viikon soittaa teille ja selvittää, missä auto on. Ja nyt minä katson tätä upeaa elokuvaa rauhassa ja Te keskeytätte. Tämä on minulle rukoilua. "

Minä: "Saanko istua ja katsoa tämän kohtauksen?"

Vuokraamomies: "Käy."

Minä: "Pahoittelut, että palautus kesti hieman kauemmin kuin oletimme. Tuli hankaluuksia matkaan."

Vuokraamomies: "Tämä kohtaus. Trautman luulee, että kaikki on ohi."

Minä: "Tämä on kyllä upea kohtaus."

Vuokraamomies: "Ymmärtänet, että tästä tulee paljon kustannuksia."

Minä: "Mennään katsomaan autoa."

Kävelemme yhtä matkaa ulos. Mies sytyttää savukkeen ja ottaa savuja täysin rinnoin. Kävelee rauhallisesti ympäri autoa ja katselee sitä epäuskoisesti. Välillä taputtelee konepeltiä ja vilkuilee minuun.

Vuokraamomies: "Kuinka kehtaatte?"

Minä: "En juurikaan nauttinut matkasta."

Vuokraamomies "Vai niin. Miten selitätte sen, että uusi autoni on valmis romuttamolle? Viikko sitten se oli vielä uusi."

Minä: "Edelleen se on tämän vuoden mallia."

Vuokraamomies: "Kertokaa, mitä on tapahtunut!"

Minä: "Olen osallisena erikoisessa tapahtumaketjussa. Tähän liittyy paljon asioita ja jopa henkirikoksia. Osana tätä kaikkea jouduin eräänlaiseen pakotilanteeseen ja olin ajaa jyrkänteeltä alas, mutta törmäsin onneksi vain puomiin."

Vuokraamomies: "Minä luotin teihin. Ja annoin vielä täyden vakuutuksen kaupan päälle!"

69

Minä: "Miettikää viisi minuuttia. Odottelen sen aikaa, ja voitte ehdottaa jatkotoimenpiteitä."

Viisi minuuttia. Se on keskimääräinen aika, jonka mississippiläinen plantaasin omistaja käyttää naapurinsa pahoinpitelyyn. Saatan itse joutua sellaisen kohteeksi pian.

Vuokraamomies: "No niin. Olen miettinyt asiaa. Minulla olisi ratkaisuehdotus. Jos onnistutte, olemme sujut. Muussa tapauksessa selvitämme asiat lakiteitse."
Minä: "Kertokaa ehdotuksenne."
Vuokraamomies: "Kädessäni on täysinäinen 0,33 l:n Coca Cola - lasipullo, niin kuin näette. En näe montakaan syytä olla heittämättä sillä Teitä kohti. Pelastakaa tämä pullo vahingoittumattomana."
Minä: "Teillä on täällä tapana kanavoida pettymystä erikoisilla menettelyillä. Kelpo sopimusehdotus."

Asetun haara-asentoon. Nostan vasemman jalan ylös koukkuun ja kädet suorana sivuille. Vuokraamomies vetää taakse kätensä ja samalla kaikki alkaa muuttuu hidastetuksi. Sadasosasekunnit muuttuvat minuuteiksi. Pullo irtoaa miehen käsistä. Ilme muuttuu väkinäisestä pettymyksestä orastavaksi innostukseksi. Vedän hartiat taakse ja ponkaisen kaikin voimin oikealla jalalla ylöspäin. Nousen hitaasti ilmaan. Pullo lähestyy ja on menossa metrin minusta yli. Taivutan oikean jalan suoraksi nelipäisen reisilihaksen venyessä uuteen ennätykseensä. Osun pulloon, joka kellahtaa oikean jalkapöydän päälle, ja vasen putoaa tukijalaksi.

Vuokraamomies: "Uuden ajan kurkipotku!"

Mies nappaa pullon jalkani päältä, avaa korkin hampaillaan

70

ja nippaa sen tyylikkäästi keskisormellaan lentoon. Ilmeisesti olemme tasan. Lähden asunnolle viettämään aikaa.

SEMENTTITEHDAS

Isoja säiliöitä, torneja ja omituisia pystypiikkejä. Joskus laitoksesta tupruaa savua. Välillä sieltä kuuluu voimakkaita ääniä, jotka muistuttavat suden ulvontaa. Toivoisin, että se olisi kangastus ja mielikuvituksen tuote, mutta valitettavasti se ei sitä ole. Ohjeita sinne ei ole olemassa, ja kierrät loputtomasti kehää, jos lähdet yrittämään. Olen sen oppinut. Kuin Kafkan oikeusjuttu. Selvä viesti siitä, mikä pitää lopettaa ennen kuin se alkoikaan. Oikeasti se ei ole sementtitehdasta. On vain paikka, jossa ihminen yritetään tuhota.

Siinä vaiheessa, kun on valmis hyväksymään loputtoman keskeneräisyytensä, käyttäytyminen muokkautuu itsestään antaen autonomisen oikeutuksen tummien samettiverhojen aukenemiseen tuoden valon kantavaksi. Ennen niitäkin aikoja, jolloin verhot näyttelevät pääosaa ilman ennakkotietoa siitä, että niitä saataisiin avattua edes hieman ja sen johdosta kerrontaan muutakin kuin sisältöä kuin pimeä sementtitehdas, on ollut toivo. Tuo toivo on enää pilkahdus jostain alitajuisesta menneestä, joka lopulta huuhtoutuu kangastusten valtamereen. Himmenevä pilkahdus on ensimmäinen asia, mitä näen, kun avaan varovasti silmät. Missä helvetissä minä olen?

Makaan selälläni ja tunnen joka puolella valtavaa kipua. Makaan betonilattialla suljetussa huoneessa. Olen yltä päältä veressä. Kynnenaluseni ovat verillä ja käsivarsista ovat lihakset hävinneet. Olen täysin kuihtunut. Hiuksia on sellin lattialla. Pituudesta päätellen ne ovat minun päästäni. Varpaat ovat muuttuneet sinisiksi. Erotan maastohousuihin pukeutuneen miehen, joka seisoo edessäni.

72

Minä: "Missä olen?", saan vaikeroitua.

Sotilas: "Sementtitehtaassa."

Minä: "Se on siis olemassa."

Sotilas: "Tehän sanoitte, että ei täällä ole mitään sementtitehdasta."

Minä: "Saatoin olla väärässä."

Sotilas: "Uskotteko itseänne vai minua? En tiedä."

Minä: "Kuka te olette?"

Sotilas: "Oikeuskomissiosta."

Minä: "Kauanko olen ollut täällä?"

Sotilas: "Vaikea sanoa. Ehkä päivän, ehkä useamman kuukauden."

Minä: "Onko tämä se sama paikka, jossa nujersitte Sampan?"

Sotilas: "Hän. Onko häntä koskaan ollutkaan? Mielikuvituksen tuotetta kaikki."

Minä: "Miksi te teette tämän minulle?"

Sotilas: "Niin paljon kysymyksiä, niin vähän vastauksia."

Minä: "Voitteko kertoa minulle, miksi olen täällä?"

Sotilas: "Vietin aikoinaan pidemmän pätkän tässä samassa huoneessa yksin. Minulla oli tapana penkoa asioita. Lopetin sen. Jälkeenpäin ymmärsin, että se oli ainoa syy, minkä takia selvisin tästä huoneesta. Se ei tietenkään tarkoita sitä, että teille kävisi niin. Saatan olla viimeinen ihminen, jonka koskaan näette. Ottakaa tämä mitä sanoin, implisiittisenä neuvona. Koska enempää ei tule."

Minä: "Asia ymmärretty."

Sotilas: "Ajatuksia on rajattomasti, mutta aikaa rajallisesti."

Minä: "Lääkäri. Pyydän."

Sotilas poistuu ja lyö oven perässään. Samettiverhot menevät kiinni.

KUULUSTELU

Makaan kylkiasennossa ja avaan varovasti silmät. Eteen on ilmestynyt iso muovinen pullo, jossa on ilmeisesti vettä. Kivut ovat edelleen kovat. Ojennan oikean käteni pulloa kohti. Vettä kaatuu kasvoilleni ja osa menee suuhun. Kirvelee, mutta tuntuu taivaalliselta. Sellin ovi on auki ja ovella seisoo jonkinlaiseen virkapukuun pukeutunut mies.

Mies: "Nimeni on Makewar."
Makewar: "Olkaa hyvä. Voitteko nyt kertoa, miksi olette täällä?", vanhempi mies aloittaa.
Minä: "Mitä helvettiä te minulta sellaista kysytte?"
Makewar: "En voi vastata siihen."
Minä: "Minulla ei ole aavistuskaan, miksi olen täällä."
Makewar: "Jos olette tuota mieltä, niin teidän on hyvä ehkä jäädä miettimään sitä pidemmäksi aikaa tuonne samaan paikkaan, josta äsken tulitte."
Makewar: "En haluaisi, mutta minun on ilmeisesti pakko, koska en tiedä, miksi olen täällä. Voisin kyllä tekaista jonkun selityksen mieliksenne, mutta ei sekään kiinnosta minua."

Istumme hetken hiljaa.

Makewar: "Miksi ajoitte saaren keskiosaan? Huoltamon pitäjä oli nähnyt teidät asemallaan."
Minä: "Lähdin ilta-ajelulle Puerto Ricosta. "
Makewar: "Lähditte ilta-ajelulle. Mihin ajoitte huoltamon jälkeen?"
Minä: "Kävin Embassa Del Soria -järvellä. Sitten takaisin Miami Beachiin Puerto Ricoon."

74

Makewar: "Mihin suuntaan lähditte huoltamolta?"

Minä: "Pois päin Puerto Ricosta, mutta käännyin nopeasti takaisin järven kohdalla, koska huomasin meneväni väärään suuntaan."

Makewar: "Te siis oikeasti myönnätte, että olitte huoltamolla?"

Minä: "Totta kai myönnän, koska minä kävin siellä. Sen jälkeen ajoin suoraan Miami Beachiin."

Makewar: "Miksi ylipäänsä menitte huoltamolle?"

Minä: "Siinä oli jotain puoleensavetävää."

Makewar: "Mikä nimenne on?"

Minä: "Se lukee passissani."

Makewar: "Te siis ajoitte huoltamolta takaisin Puerto Ricoon. Miksi kävitte niin kaukana huoltoasemalla?"

Minä: "Olin stressaantunut ja halusin lähteä rentoutumaan autoajelulle."

Makewar: "Teitä syytetään vakavista rikoksista."

Minä: "Rikoksista, joihin tämä epämääräinen oikeuskomissio toteaa minut joka tapauksessa syylliseksi, ja joista ei kerrota mitään tietoa minulle. En tiedä, mikä tämä paikka on, mutta lain palvelemisen kannalta tällä maanpäällisellä helvetillä ei ole mitään tekemistä. Suurin ongelmani on juuri nyt joutua käymään tätä käsittämätöntä keskustelua kanssanne, kun minulla olisi töitä tehtävänä. Ja toiseksi minulla on sietämätön jano."

Makewar: "Mitä töitä teette?"

Minä: "Olen agentti."

Makewar: "Kenen palveluksessa?"

Minä: "Totuuden."

Makewar: "Kertokaa tarkemmin. Teitä syytetään vakavista rikoksista. Tuomio oikeuskomissiossa voi olla kova paikka suomalaiselle. Suosittelen, että teette yhteistyötä kanssamme."

Minä: "Minun pitää tehdä nyt? Myöntää rikokset, joita ei

75

ole tapahtunut ja joihin Teillä ei jumalallisen tai minkään muunkaan oikeutuksen nimissä ole mitään sanottavaa puhumattakaan siitä, että missään muualla kuin maanpäällisessä helvetissä ne tyhjyyttä loistavat tekemättömät teot täyttäisivät minkäänlaisen rikoksen tunnusmerkit."
Makewar: "Tervetuloa viidakkoon. Meillä on laadittuna ehdotelma teille. Allekirjoita."
Minä: "Näyttäkää se."

Makewar asettaa paperin eteeni lattialle. Paperi on muuten tyhjä, mutta siinä on paikka allekirjoitukselle.

Minä: "Tämä paperi on tyhjä."
Makewar: "Allekirjoittakaa se."
Minä: "Te olette todella kummallista väkeä. En tiedä, miten elämä minua tästä lähin heittelee. Ainoastaan yksi asia on varma. Sellaista tilannetta ei tule, jolloin allekirjoittaisin tämän. Päätös on lopullinen."
Makewar: "Oikeuskomissio myös on tehnyt lopullisen päätöksensä. Te ette tule koskaan saamaan päätöstä."

Ovi laitetaan kiinni ja kaikki on sysimustaa.

KENDOMIEHEN PALUU

Kuulen koputusta. Sellin ovi avautuu pikkuhiljaa, ja ensimmäiseksi näen mustat lakeerikengät. Puinen kävelykeppi kolahtaa lattiaan. Harmaahiuksinen kivikasvo hymyilee leppoisasti.

Minä: "Caesar."
Caesar: "Hei! Miten voitte? Kuulin, että olette ollut melko vaatimattomissa oloissa pitkään."
Minä: "Paremminkin on mennyt, mutta ihan kohtuullisesti juuri nyt. Pakko sanoa, että olen onnellinen nähdessäni teidät ja tuon kävelykepin. Oletteko valmistautumassa Kendon olympialaisiin?"
Caesar: "Tulin kysymään, milloin käymme ne filosofiset keskustelut?"
Minä: "Mahdollisimman pian. Tiedätkö muuten miksi viisi minuuttia on mielenkiintoinen aika? Sen lisäksi, että viisi minuuttia sitten mietin Teitä."
Caesar: "Kertokaa."
Minä: "Se on keskimääräinen aika, jonka missisipiläinen plantaasinomistaja käyttää naapurinsa pahoinpitelyyn. Kyläyhteisö ei ollut entisensä ensimmäinen kerran jälkeen. Iso dollarinippu pullotti rintataskussa, kun sulkastetsoni loi varjon pihamaalle. Haulikon perä murjoutui syvälle rintarankaan. Miten sellaisesta voi tulla kansanhuvia?"
Caesar: "Se on järkyttävää. Olette vapaa mies lähtemään."
Minä: "Oletko tosissasi?"
Caesar: "Kyllä."
Minä: "Tiesin, että Teihin voi luottaa. Me emme ole keskellä Kafkan oikeusjuttua vaan Gran Canarialla. Saarella, jossa olkatoppauksiin suhtaudutaan asianmukaisesti.

Caesar: "Juuri näin. Toivottavasti tekin pidätte kiinni sopimuksesta filosofisille keskusteluille."
Minä: "Totta kai. Mielelläni jätän tämän paikan taakseni ja käännän sivun eteenpäin."
Caesar: "Olisiko hyvä levätä hetki?"
Minä: "Lähdetään saman tien pois. Teit hienon tempun!"
Caesar: "Hienoa. Lähdetään."

Jalat ovat pettää altani, kun nousen ylös.

"Voin lainata tätä" Caesar sanoo ja ojentaa kävelykepin.

Kävelemme pois sellistä käytävään, jossa Makewar istuu pienen pöydän ääressä.

Minä: "Makewar. Onkohan Teillä mitään asiallista sanottavaa? Epäilen."
Makewar: "Teitä vastaan esillä olleet kaikki syytteet, joihin vapaudenriistonne perustuu, hylätään. Vapaudutte oikeuskomissiolta vankeudesta 8.4.2014 alkaen, eikä teitä voida syyttää mistään rikoksista, joista epäiltynä olette ollut täällä. Oikeuskomissio pahoittelee sellissä viettämästä ajasta aiheutunutta harmia ja toivoo, että neljäkymmentätuhatta paikallista rahayksikköä riittää korvaamaan edes osan siitä. Olette vapaa lähtemään."
Minä: "Makewar. Mukavaa päivänjatkoa."

Minä, Caesar ja Makewar kävelemme yhtä matkaa laitoksen kivikäytävää. Avaamme kivilinnan oven, ja edessä aukeaa noin viisimetriset muurit. Valon ja auringon näkeminen tuntuu mielettömältä. Muurien keskellä on teräksinen ovi, jonka luona on päivystyspiste. Vartija avaa teräksisen oven.

78

Horisontissa näkyy Atlantti ja ympärillä laakeaa vuoristomaisemaa. Eteen on parkkeerattu vanha Mustang.

Minä: "Caesar. Paljonko kello on?"
Caesar: "Se on 13.42. Sopiiko teille, että lähdemme veneilemään tänään? Veneeltä löytyy ruokaa, juomaa ja työntekijöitä."
Minä: "Parempaa ehdotusta en keksi."

ARGUINNEGININ SATAMA

Saavumme El Pajariin lähelle Arguinneginin satamaa. Ympäristön vastakkainasettelu on lumoava. Rautarakennelmia, työmaaparakkeja, savua tupruttavia teollisuuspiippuja, veneitä, satunnaisia muovituolein koristeltuja ravintoloita, vuoristomaisemaa, hiekkarantaa, luksusveneitä ja auringosta säihkyvä valtameri. Sota on loppunut, ja ihmisten paluumuutto on alkamassa vaimenneelle taistelutantereelle. Uudelleenasutus ja rakennustyö ovat alkamassa. Sodan hirveydet näkyvät ihmisten kasvoilta, mutta nyt on ensimmäinen päivä, jolloin pahuus on väistyvä. Silmissä säästöliekillä palava valo on muuttumassa avoroihuksi.

Kurvaamme rantaan, jossa yksinäisen laituriosion päässä on valkoinen luksusvene. Arviolta noin 15-metrinen. Aallot lyövät suojaisaan kupeeseen.

Caesar: "No niin, lähdetään. Tuo tuolla on minun veneeni."

Astumme ulos autosta ja kuljemme veneelle. Nousemme huvijahdille, jossa meitä on vastassa aluksen kapteeni ja kaksi miehistöön kuuluvaa.

Kapteeni: "Lämpimästi tervetuloa. Katselkaa rauhassa paikkoja."

Vene on hulppea. Kolme kerrosta, nukkumatiloja, uimataso, iso keittiö, baaritila, poreammeita, mahonkipöytä, kiiltäviä sapeleita seinällä … Kiinnitän huomion isoimpaan, noin

80

metrin pituiseen sapeliin, joka on kiinnitetty baaripöydän yläpuolelle. Terään on kaiverrettu jotain.

Minä: "Mikä tuohon miekkaan on kaiverrettu?"

Seuraa hiljaisuus.

Caesar: "Tuo on Katana, joka päätyi minulle 1970-luvun lopulla Bangkokissa. Matkustaminen tuohon aikaan oli harvinaista, mutta minä sain mahdollisuuden viettää lähes vuoden siellä. Asuin Chao Praya -joen vieressä Maja Rat -alueella kaupungin pohjoispuolella. Olosuhteet olivat vaatimattomat: veden päälle pystytettyjä majamaisia rakennelmia, kapeita kujia, ruosteisia peltikattoja ja valtava ihmisten kuhina. Meteli ja elämä ei siellä pysähtynyt hetkeksikään. Se, etten ehtinyt edes hengittää, kiehtoi minua. Asuin vaatimattomasti alle noin viiden neliön rakennelmassa. Naapuriperheessä sain käydä keittämässä riisiä. Joka paikassa oli ahdasta ja likaista: kuivumaan ripustettuja huonokuntoisia vaatteita, epämääräisiä kattiloita ja liejumaista vettä pienillä kujilla. Sähköstä ei tietoakaan. Oma kattoni vuosi vettä aina, kun satoi. Nukuin huonokuntoisessa riippumatossa torakoilta ja muilta eläimiltä suojassa. Joen uomassa näkyi usein krokotiileja. Kävin uimassa siinä pelon voittamiseksi. Ensimmäinen kerta, kun uskaltaudiin veteen, oli järisyttävä. Tiesin olevani hengenvaarassa, jos menisin veteen. Muistan sen pelonsekaisen adrenaliinipiikin ja euforian, kun ensimmäisen kerran sukelsin. Jäin silloin koukkuun siihen tunteeseen."

Minä: "Miten miekka päätyi sinulle?"

Caesar: "Seikkailin kuukausia ympäri Bangkokin kujia. Kaupunki on loputon, mutta pikkuhiljaa minut ruvettiin tuntemaan asuinalueellani. Olin poikkeuksellinen näky thaimaalaisten keskuudessa. Innostuin aina, kun jotain uutta oli

81

tarjolla. Olin mukana kaikessa, mihin mukaan pääsin. Noppapeliä kadunkulmassa, jalkapalloa lasten kanssa. Autoin rakennustöissä, istuin iltaa tuntemattomien kanssa käärmeviinapullon kera. Aloin sulautua paikalliseen elämään. Jossain vaiheessa korviini kantautui huhu, jonka lähistöllä pelataan venäläistä rulettia. Kukaan ei pystynyt vahvistamaan tietoa, mutta puhuttiin, että mukaan pääsi vain kutsusta. Pelaajille ilmeisesti maksettiin melko hyvin. Kerrottiin, että joka aamuyö eräällä kujalla aukeaa metalliovi, josta tuli ulos isoa säkkiä kantavia thaimaalaisia. Kujalla odotti auto, jonka takakonttiin säkki laitettiin, ja auto hävisi kujille. Kaikki saattoi olla satua. Aloin kuitenkin levittämään tietoa, että olin kiinnostunut tästä paikasta. Halusin mukaan. Asiasta puhuttiin enemmän ja enemmän, kunnes erään naapurini kuolema liitettiin tähän venäläiseen rulettiin. Se sai ihmiset varuilleen. Eräs ilta, viikkoja naapurin kuoleman jälkeen, oveeni koputettiin. Nousin ylös riippumatostani ja avasin oven. Kaksi thaimaalaista seisoi edessäni ja antoi minulle lapun. Toinen miehistä kertoi minulle, että tässä vaiheessa olisi vain yksi sääntö. En saisi puhua asiasta kenellekään. Miehet poistuivat, ja avasin lapun, jossa kerrottiin paikka, johon minun tulisi saapua lappu mukanani tulevana perjantai-iltana. Tiesin, että olin päässyt rinkiin. Myöhemmin samalla viikolla saavuin lapussa merkittyyn paikkaan, joka oli asunnoltani pari kilometriä koilliseen, joen uomassa. Koputin hylätyn näköisen puurakennuksen oveen. Ovi avattiin, mutta ennen kuin pääsin sisään, allekirjoitin sopimuksen. Uskon vilpittömästi, että kukaan sisälle astunut ei ole puhunut siitä, mitä sisällä tapahtui. Leijonan luolasta heräämiseen ei totu. Tätä kesti noin puolen vuoden ajan. Viimeisen kerran kun poistuin ovesta, poistuin sieltä tuo Katana kädessä. Katanaan on kaiverrettu 'okubetsujūyō'. Se on japania ja tarkoittaa 'erityinen arvomiekka'. Se on korkein mahdollinen arvonimi, jota miekalle voidaan myöntää. Tästä kaikesta on nyt yli 30 vuotta. Ei ole mennyt viikkoakaan, etten olisi muistellut tuota aikaa. Se on kaikki, mitä voin kertoa."

Minä: "Se asia, jota sisällänne kannatte, painaa teitä. Mutta teitä velvoittaa myös tekemänne sopimus tuolla ovella. Olettehan vankkumaton mies. Vaakakupissa paina kenties myös pelko, joka osittain on taikauskon värittämää. Vain murto-osa siitä perustuu rationaaliseen pelkoon. Toisaalta haluaisitte jakaa painolastia, mutta ette uskalla. Heitän vain ilmoille ajatuksen, johon pyydän teitä samaistumaan. Siinä ajatuksessa olette loputtomiin repineet perässänne kivirekeä halki järven, vaikka sitä ei yksin olisi tarvinnut tehdä. Tässä ajatuksessa teette reiän säkkiin ja tiputatte osan kivistä pois, jolloin on helpompi kulkea eteenpäin ja hengittää. Pienikin lastin vähennys tuntuu keventävältä. Olkaa hyvä."

Caesar: "Lausun teille runon. Kirjoitin sen vuonna 1989 lentokoneessa, kun palasin lomalle Bangkokiin. En ole sitä kenellekään koskaan lausunut. Toivon, että runon jälkeen keskustelu tältä osin on loppunut, ja siirrymme kannelle viettämään aurinkoista iltapäivää:

Ruletin tiedän alkavan, hikikarpaloiden kasvoilla valuvan. Kuudestilaukeava pöydälle tuodaan, pesään surmanluoti suodaan. Helvetin portteja toiselle toivotan. Käteen ratkaisun asetan, ohimooni sen painan, liipaisinta puristan. Leijonalauma karjuu, silmät hengittämättä tyhjyyteen katsoo. Yksi kuudesta osunut ei, kerta viimeinen ollut ei. Itseni sieltä löydän ain, kuolemaa etsimässä vain. Mutta vain silloin tunnen elämän, rajalla tuonelan repivän.

Siirrymme Caesarin kanssa yläkannelle. Vene on lähtenyt liikkeelle. Kapteeni lisää vauhtia. Vene kulkee jo toistakymmentä solmua eteenpäin, ja hiukset hulmuavat tuulessa.

Minä: "Onko mahdollista kuunnella musiikkia? In the air Tonight?"
Caesar: "Kyllä se järjestyy. Odota hetki. Vinkkaan kansimiehelle."

Selkä painautuu veneen penkkiin. Meren ja moottorin jylinä kasvaa, kun vene halkoo aaltoja. Ranta jää taakse. Kaiken yläpuolelle nousee kappale, joka soi voimakkaasti stereolaitteista. 'I can feel it in the air tonight ...'"

Minä: "Caesar. Tässä se on. Kaikki."
Caesar: "Ei ole."

Lyömme grogilasit yhteen ja katsomme ulapalle, kun vene etenee horisonttiin. Kapteeni hidastaa vauhtia, ja jäämme kellumaan rannan tuntumaan rakennetun lentokentän läheisyyteen. Katsomme koneiden nousuja ja laskuja aitiopaikalta. Hetken kelluttuamme vauhti kiihtyy jälleen, ja suuntaamme edelleen pohjoiseen.

Saavumme Puerto De La Luzin konttisatamaan ja ajamme valtavan nosturin alta. Kuusi rahtilaivaa on satamassa. Ympärillä näkyy kauppa- ja matkustaja-aluksia, Las Palmasin kaupunki, kalastajia, urheiluveneitä, purjeveneitä, valtavia konttikasoja, nostureita. Olemme Amerikan, Euroopan ja Afrikan portilla. Jatkamme matkaa kapeaa kanavaa pitkin syvemmälle sataman uumeniin. Kanavan suusta saavumme noin 50 metriä leveälle laiturisyvänteelle, jonka toiselle puolelle oli kiinnitetty Acuario Gijon -niminen ruoppausalus. Syvänteessä on myös pieni hinaaja ja muutama ruosteinen kalastusalus. Ihmisiä ei näy missään. Laiturin molemmin puolin on isoja peltihalleja. Vene lipuu hiljalleen laiturialueella.

Caesar: "Tiedän, miksi olette saarella. Näytän teille tänään tapahtumien kannalta oleellisen paikan, jos …"
Tiedän, mitä hän on sanomassa, ja jatkan hänen puolestaan.
Minä: "Caesar, ennen kuin jatkatte, pyydän teitä miettimään hetken. Se mitä olette ehdottamassa... Tiedätte, että siitä ei ole paluuta."

Caesar katsoo päättäväisesti.

Caesar: "Tiedän, miksi olette saarella. Näytän teille tänään tapahtumien kannalta oleellisen paikan, jos … Jos pelaatte yhden jaon. Viimeinen jako."
Minä: "Kyllä."

Vene kiinnitetään laituriin. Nyökkään miehistölle. Kävelemme Acuario Gijon -aluksen viereen, jonka laakonki oli lukittu metalliketjulla. Kapteeni avaa lukon. Kättelee minua ja Caesaria.

Kapteeni: "Herrat. Tästä hetkestä eteenpäin olette omillanne. Toivotan onnea."
Minä: "Kiitos. Sitä tarvitaan."

VIIMEINEN JAKO

Olemme vanhan ruoppausaluksen kajuutassa, jossa on sukellusvarusteita, kalastusvälineitä ja muuta rojua. Caesar sytyttää öljylampun, joka valaisee tilan. Keskellä on puinen pöytä, jonka ympärillä istuu kolme miestä ja yksi nainen.

Caesar: "Toin heidät kaikki tänne."

Pakko se on uskoa. Siinä he kaikki istuvat: Frank, Smokey, Jeff ja Laura Palmer.

Minä: "En ole enää yllättynyt mistään."

Caesar ottaa viereisestä kaapista revolverin ja asettaa sen pöydälle lappeelleen. Revolverin viereen hän asettaa yhden panoksen.

Caesar: "Rakkaat toverit. Tervetuloa ruoppausalukselle tähän ainutlaatuiseen iltaan. Tämä tässä on Nagant. Kuudestilaukeava ja sisällä yksi kova panos. Me pelaamme venäläistä rulettia. Kaikilla on pelissä henkensä, minkä lisäksi jokainen asettaa lisäpanokseksi arvokkaimman maanpäällisen. Te kaikki saavuitte vapaaehtoisesti. Miksi jokainen pitää minuutin puheenvuoron, joka sisältää tiedon maanpäällisestä panoksesta. Smokey. Voitte aloittaa puheenvuoronne."
Smokey: "Me Amerikassa olemme tottuneet pelaamaan isoin panoksin. Asetan panokseksi lentäjäntakin."
Jeff: "Ajattelin, että täältä saa alkoholia, mutta hauska idea tämä venäläinen rulettikin. Asetan panokseksi Sonyn kasettisoittimen."

86

Frank: "Syy, miksi olen täällä, on se, että haluan voittaa Casio-kellon. Asetan panokseksi tämän komean jenkkisiilin."
Minä: "Syy, miksi tulin tänne, jää hämärän peittoon. Asetan panokseksi kultaisen Casio-kellon. Lisäpanoksen lisäpanokseksi asetan banjon, jota alun perin saavuin tänne saarelle hakemaan."
Caesar: "Syy, miksi olen täällä, on, että en pysty lopettamaan venäläisen ruletin pelaamista. Näköjään tänään sitä on mahdollista pelata, joten ehdottomasti osallistun. Asetan panokseksi tuon Katana arvomiekan. Viimeisenä puheenvuorossa Laura Palmer."

Laura Palmer katsoo tyhjyyteen ja asettaa paperilapun pöydälle. Siinä lukee "kuolemattomuus."

Caesar: "Laura Palmer asettaa panokseksi kuolemattomuuden. Panokset ovat pöydässä: Kultainen Casio-kello, lentäjäntakki, jenkkisiili, kuolemattomuus, Sony-tuplakasettisoitin, Katana-arvomiekka, banjo ja kuusi ihmishenkeä."
Caesar: "Aloitetaan. Patruunapesä on tyhjä, niin kuin näette. Laitan nyt patruunan sen sisään pyörimään ja suljen. Minä ensimmäisenä. Sen ajan, kun ase on ohimolla, on mahdollisuus kertoa se, mitä on kerrottavana. Kun ase on nostettu, sitä ei saa enää laskea, vaan laukaus on tehtävä.

Olen huuhtonut kultaa kauan. En ole kiinnostunut hipuista, annan niiden valua sormien läpi. Odotan täydellistä kimpaletta, jotta voin lopettaa huuhtomisen. Todellisuus näyttäytyy minulle sellaisena kuin se on."

Kädet täristen Caesar osoittaa aseellaan ohimoaan. Ennen kuin hän asettaa sormen liipaisimelle, on toimittava. Nyt! otan Nagantin kädestä ja heitän sen kajuutan seinään.

87

Minä: "Emme tietenkään pelaa venäläistä rulettia. Täysin tarpeetonta. Häpeän Teitä. Pelaamme intiaanipokeria!" Caesar: "Ehkä se on parempi idea tosiaan. Nostakaa käsi ylös, kuka haluaa pelata mieluummin intiaanipokeria kuin venäläistä rulettia."

Kaikki nostavat kätensä ylös. Laura Palmer hymyilee ensimmäistä kertaa sitten lukiovuosien.

Caesar: "Kaadan kaikille viskiä, koska tämä on juhlailta. Kukaan ei sittenkään kuole tänään, mikäli joku ei surmaa toista tahallaan. Tässä korttipakka."
Minä: "Hienoa. Täällä on heti paljon parempi tunnelma"
Jeff: "Viinaa! Laitan Sonysta soimaan Indiansin."
Smokey: "Jumala meitä armahtakoon"
Frank: "Vedetään kortit nopeasti ja ruvetaan porukalla ryyppäämään!"

Kaikki huutavat kuorossa: "HURRAA, HURRAA, HURRAA!"

Indians soi, Caesar tarjoilee vieraille viskiä. Laura Palmer hymyilee. En koskaan pääse hänestä eroon. Kortit ovat pöydällä.

Minä: "Lasken kolmeen, ja kaikki vetävät pakasta kortin otsansa eteen siten, että muut näkevät kortin. Korkein kortti korjaa potin. Caesarin edellä mainitsemat panokset pois lukien ihmishenget."
Minä: "Yksi, kaksi, kolme", ja kaikki vetävät kortit otsansa eteen.

88

Jättipotin kohtalo on ratkeamassa, ja kaikki katsovat toistensa kortteja. Palmer: pata 12, Jeff: ruutu 9, Caesar pata 2, Smokey hertta 11, Frank hertta 13.

Minä: "Lasken kolmeen ja jokainen näyttää korttinsa. Yksi, kaksi, kolme!". Kortit laitetaan pöydälle.

Minulla on ruutu 14. Olen voittanut kuolemattomuuden, arvomiekan, kasettisoittiminen, jenkkisiilin ja lentäjäntakin.

Minä: "Rakkaat toverit. Annan mielelläni nämä kaikki Teille takaisin, jos saan juhlia yhden illan voittamieni asioiden kanssa."
Laura Palmer: "Kuolemattomuutta ei voi enää peruuttaa."
Minä: "Laura Palmer. Vein Teiltä, elämäni suurimmalta rakkaudelta, kuolemattomuuden. Mitä se tarkoittaa?"
Laura Palmer: "Minulla ci ole enää sitä taakkaa. Minun on helpompi rakastaa sinua."
Caesar: "Yksipuolinen rakkaus ei ole vilpitöntä rakkautta."
Minä: "Olet oikeassa. Te puhuitte kullanhuuhdonnasta ja etsitte kultakimpaletta. Oletteko koskaan ajatellut, mikä teidän kultakimpaleenne on?"
Caesar: "Olen sitä ajatellut, mutta en tiedä."
Minä: "Se ei löydy venäläisestä rulettipöydästä."
Caesar: "Sampan oletettuna kuolinpäivänä jotain tapahtui tuolla luodolla. Keskity siihen ja ota yhteys Billyyn"
Minä: "Ihanko totta?"
Caesar: "Kyllä"
Minä: "Asuuko Billy Casa Nuevo -majatalon lähellä sisämaassa?"
Caesar: "Kyllä."
Minä: "Rakkaat toverit. Minun on lähdettävä nyt."

89

Caesar: "Ymmärrän. Jumala kadonneita ja Amerikkaa varjelkoon."
Laura Palmer: "Olen pahoillani."

Nousen ulos ruoppausaluksesta. Vastapäisen peltihallin viereen lipuu taksi. Erotan autosta kylmät silmät, jotka tuijottavat.

KIVITALO

Olen saapunut saarelle ja tulomatkalla pelastanut lentokoneen ukkosmyrskyn keskeltä, koska henkilökunta ei ole ollut siihen kykeneväinen. Olen astunut siniseen Opel Kadettiin ja juhlallisesti kunnioittanut edesmenneen iskelmälaulajan muistoa lausumalla runon. Olen saanut kaksipesäistä kasettisoitinta kantavalta mieheltä avaimet epämääräiseen asuntoon. Olen heittäytynyt Puerto Ricon yöhön, jossa minut on huumattu. Olen antanut pyynnöstä työohjeita englantilaiselle ravintoloitsijalle. Olen ollut kiinnostunut noppapeleistä vastakkaisen sukupuolen kanssa, mutta lopulta ollut kiinnostuneempi vastakkaisesta sukupuolesta kuin noppapelistä. Olen istunut kreikkalaisessa ravintolassa odottamassa miestä, joka on ollut sairaalloisen kiinnostunut arvottomasta kellostani ja ällistykseksени todistanut miehen saapuvan ja edelleen olevan sairaalloisen kiinnostunut arvottomasta kellosta. Olen tutustunut Thaimaassa traumatisoituneeseen kiinteistöhuijariin, joka on kertonut minulle olevansa oman elämänsä Kim Wilde. Olen istunut terassillani ikääntyneen tanskalaisnaisen kanssa, joka on pyörtynyt syliini ja sen jälkeen kadonnut tietämättömiin. Olen tehnyt tarjouksen surffilaudasta ja maksanut siitä tarjousta korkeamman hinnan. Olen tavannut Laura Palmerin ravintolassa ja todennut edelleen rakastavani häntä. Olen tavannut Amerikkaa ihailevan amerikkalaisen, joka on nähnyt David Coverdalen heittävän tähtisädetikun 11th Streetille. Olen hankkinut paikalliselta kuntosalilta arvokkaan banjon väkivallan uhan ollessa ilmeinen. Olen edistänyt kaksipesäistä kasettisoitinta kuuntelevan miehen asunnonhankintaa ottamalla vastaan tennispallosateen. Olen saanut kirjeen, joka on sisältänyt ajo-ohjeet järvelle. Olen ajanut huoltamolle, jossa ikääntynyt mies kertoi viettäneensä kerran viikon New Yorkissa viikon ilman lippalakkia. Olen ajo-ohjeita noudattaen mennyt järvelle ja löytänyt sieltä vuosikymmeniä sitten päivätyn runon, jonka olen tehnyt pari kuukautta sitten. Olen palauttanut romuttuneen vuokra-auton viikon myöhässä ja kurkipotkulla ansainnut anteeksiannon. Minua on pahoinpidelty arviolta päiväkausia ja pidetty vankina viikkoja oikeuskomission toimesta ilmeisesti paikallisessa sementtitehtaassa. Minut on pelastanut vankeudesta ylipitkää kävelykeppiä käyttävä mies, joka on kutsunut koolle kuuden hengen ryhmittymän pelaamaan venäläistä rulettia. Olen voittanut intiaanipokerissa Katana-miekan, jenkkisiilin, kaksipesäisen kasettisoittimen, lentäjäntakin ja kuolemattomuuden, jotka olen luvannut edellisille omistajilleen kuullen samalla, että kuolemattomuus on suuri taakka, eikä sitä voi palauttaa. Olen saanut uskottavan vihjeen, jonka avulla voisin selvittää, mitä tapahtui Samppa Huomiselle.

Lyön jarrut pohjaan ja peruutan kyltin kohdalle. Siinä lukee: "Casa Nuevo". Bingo! Olen lähellä. Tästä ohjeiden mukaan enää 300 metriä. Kiihdytän vauhtia pitkät ajovalot päällä ja kivitalo lähestyvän. Lyön kaasun pohjaan ja teen käsijarrukäännöksen, auto pysähtyy poikittain. Otan katana-miekan etupenkiltä ja padolta löytämäni päiväkirjan.

Minä: "Billy! Nyt selvitään asiat!"

Seison oven takana ja huudan.

Minä: "Ulos heti! Lyön Katana-miekalla oven läpi, mikäli ette avaa."

92

Sininen puuovi avautuu. Noin 50-vuotias mies on pukeutunut suoriin housuihin, ruutupaitaan ja klubitakkiin.

Minä: "On aika selvittää asiat, Billy."
Billy: "Minulla ei kai ole vaihtoehtoja. Astu sisään", mies sanoo ääni väristen.
Minä: "Asutteko täällä? Onko täällä muita nyt?"
Billy: "Asun yksin. Ei täällä ole muita."

Lyön Katanan puupöytään kiinni.

Billy: "Ottakaa rauhassa. Istutaan pöytään, sopiiko? Kaadan meille punaviiniä." Istumme puupöydän ääreen.
Minä: "90-luvulla Ihmisillä oli yhteisiä unelmia. Silloin rakennettiin asioita. Rakennettiin taloja. Uutta Eurooppaa. Kylmä sota oli väistynyt ja oli unelmia. Yhteistä tulevaisuutta. Joillekin se toki oli hieman hankalampaa aikaa. Billy, kerro minulle tarinoita 90-luvusta."
Billy: "Muutin vuonna 1992 Gran Canarialle Lontoosta. Tunsin, että Englannilla ei ollut minulle enää mitään tarjottavaa. Saapuessani minulla oli vain matkalaukku ja muutama sata puntaa. Työskentelin satunnaisesti baareissa Playa Del Inglesissä. Rahat olivat tiukalla. Asuin ensin vaatimattomissa tienvarsimajataloissa. Yhden vuoden asuin puukerrostalossa. Niitä on käsittääkseni rakennettu yksi kappale maailmaan. Sitten alkoivat soittokeikat kapakoissa. Esiinnyin monien artistien kanssa. Muun muassa Sampan kanssa hänen viimeisen keikkansa."

Otan päiväkirjan taskustani ja asetan sen pöydälle.

Minä: "Ajoin padolle. Löysin sieltä tämän päiväkirjan, joka johdatti minut tänne. Teille on varmaan tuttu tämä päiväkirja helvetistä?"

93

Billy: "Tuo päiväkirja on minun. Olin töissä padolla yli 10 vuotta sitten. Henkilökohtaisten tekstien lisäksi kirjasin siihen työhön liittyviä asioita, kuten säätietoja ja vedenpinnan korkeuksia. Vedensäätelyjärjestelmän automatisoinnin myötä työtehtävät loppuivat. Tiedot kirjautuivat sen jälkeen altaaseen asennetuista antureista, eikä laitosmiehille ollut enää käyttöä. Jätin päiväkirjan vahingossa sinne huoltokoppiin. Nyt sinä olet löytänyt sen."

Minä: "Kyllä minä sen löysin."

Billy: "Aamu toi, ilta vei. Me Samppaa unohdeta ei. Niin siinä päiväkirjassa lukee. Esiinnyin kaksi kertaa Samppa Huomisen kanssa. Molemmat kerrat Tiffany-baarissa. Muistan molemmat kerrat."

Minä: "Se kiinnostaa."

Billy: "Puhun rehellisesti. Samppa ajautui väkivaltaiseen riitaan bostonilaisperheen kanssa, mikä johti musertavaan tutkintavankeuteen. Huhutaan eräänlaisesta oikeuskomissiosta, joka toimii sementtitehtaassa. Koko prosessin ajan häntä kohdeltiin huonosti ja epäoikeudenmukaisesti viranomaisten toimesta. Yllättäen Samppa päästettiin vapaaksi keskellä yötä, 40 kilometrin päässä asutuksesta. Kun hän pääsi vankeudesta, suomalaisten matkustussesonki oli ohi. Saarelta hän ei voinut lähteä, koska passi oli otettu pois. Samppa odotti oikeuskomissiolta armahdusta. Suomalaiset yrittäjät olivat sulkeneet putiikkinsa avatakseen ne myöhemmin syksyllä. Kesä oli rankka, koska täällä ei ollut suomalaisia, eikä hänellä ollut keskusteluseuraa. Kuukaudet sementtitehtaassa olivat henkisesti rankkoja."

Minä: "Mitä syyskuussa tapahtui? Sinä päivänä, kun olitte keikalla?"

Billy: "Lauantai. Saavuimme San Augustinin rannalle silloisen tyttöystäväni Annien ja Sampan kanssa. Joimme olutta pitkin päivää. Rannalla on luoto, joka tulee esiin laskuveden

94

aikaan. Matkaa hieman alle sata metriä. Otimme muovipussiin oluttölkkejä ja lähdimme uimaan. Sampasta en tiedä, mutta minä ja Annie olimme kovassa humalassa. Oli vaikea pysyä pinnalla, vaikka kuinka ponnistelin. Ajauduin alle, ja vettä oli joka puolella. Näin jotain ja tarrasin kaikin voimin siihen kiinni. Muistan Sampat kasvot. Tilanne oli kaoottinen, ja olin ilmeisesti menettämässä tajuntaani, kun tunsin voimakkaan repäisyn. Sain taas happea ja näin auringon. Samppa huusi: "Rauhoitu!" Hän veti minut rantaan. Annie itki. Tokenin vähitellen. Samppa istui sanomatta mitään ja katsoi tyhjyyteen, kunnes hyökkäsi ja painoi minut maahan. "Yrität hukuttaa oman keikkakaverisi, ja minä pelastin sinut!", hän huusi. En koskaan väittänyt vastaan. Päätimme kuitenkin, että soitamme illalla keikan yhdessä."

Minä: "Miten keikka meni?"

Billy: "Se oli hämmästyttävä. Tunnelma purkautui yleisössä monina kyyneleinä. Paikka oli totuuden korttitalo, joka tuli valmiiksi näppäillessäni viimeisen soinnun San Franciscosta. Sen aikana seinälle ilmestyi kuva hautakivestä, johon oli maalattu Sampan kasvot. Tiesin, että hänen aikansa olisi pian."

Minä: "Mitä keikan jälkeen tapahtui?"

Billy: "Olimme takahuoneessa. Hän kertoi olevansa väsynyt. Se oli helppo nähdä. Pian tämän jälkeen otti yhteyden Caesariin. Sovimme keikan jälkeen takahuoneessa, ettemme tapaa vähään aikaan. Ja ottaisimme yhteyttä, jos sen aika joskus tulisi."

Minä: "Otti yhteyden Caesariin. Se mies osaa auttaa erilaisissa asioissa."

Billy: "Caesariin pystyisi auttamaan häntä pyrkimyksissään. Oletko koskaan ajatellut, että hän voisi olla elossa?"

Minä: "Elossa. Olen miettinyt kaikkia vaihtoehtoja. Hänet löydettiin hotellihuoneelta kuolleena, lennätettiin Suomeen arkussa ja haudattiin Helsingin Hietaniemeen. Ja sinä kerrot minulle, että hän olisi elossa. Billy, kirjoitin tämän tekstin? Se on päivätty ennen Sampan virallista kuolinpäivää, ja siinä puhutaan kuolemasta. Olenko hullu?"

Sut mahdotonta nähdä on
mutta aina täällä tunnen sen
otteeseen toispuoleisen
kuolemasi koko saaren sai sen

Aamu toi, ilta vei
Mut Samppaa unohdeta ei
Aamu toi, ilta vei
Mut Samppaa unohdeta ei

Kerrotaan Ingelsin loisteen
sut hetkeksi valaisseen
Kasbahin portaille vielä tänään istuneen
ne tarinoita on, mutta sun haamu totta on
Aamu toi, ilta vei
Mut Samppaa unohdeta ei
Aamu toi, ilta vei
Mut Samppaa unohdeta ei

Aina mielessäsi kutsua voit
kun rauhassa istahdat pois
Embasia järven huoltokopissa
kun odottelet, tunnet saapuvan sen
Sielun Samppa Huomisen

Aamu toi, ilta vei
Me Samppaa unohdeta ei
Aamu toi, ilta vei
Me Samppaa unohdeta ei

96

Billy: "Sain tekstin postissa ja kirjoitin sen päiväkirjaan. En tiedä, keneltä se on. Hän ehkä saada asiat näyttämään siltä, että hän oli kuollut."

Minä: "Hän. Minä olen kirjoittanut tuon. Kaikki on kummallisuudessaan verratonta."

Billy: "Ehkä te tosiaan olette hullu."

Minä. "Istuin vuosia sitten ravintolassa Helsingissä. Maaliskuinen arki-iltana. Lehdessä oli artikkeli otsikolla: "Mitä tapahtui Samppa Huomiselle? Sampan kuolemasta on 15 vuotta". Viereeni istui parrakas mies ja sanoi: "Tuo tuossa mitä luet. Ei totta". Mies kertoi olleensa tutkinnanjohtajana vuoden 1998 tapahtumissa. Hän kuvaili tarkkaan arkun saapumisen ja sen, että normaalikäytännöstä poiketen arkun avaamisesta ennen hautausta ei jäänyt mitään dokumenttia. Tarina aukkoineen oli kiehtova. Mies kertoi siitä, miten se kaikki hänen mielestään meni. Hän toi minulle osoitteen Calle Joaquin Blanco Torrent. No 4, 323. 35130 Puerto Rico ja katosi Helsingin kaduille. Järjestelin asioita ja nyt olen tässä. Olet ollut avulias, Billy."

Billy: "Olet oikealla tiellä. Vasta sitten, kun aika jättää, olet levossa. Matkusta Las Palmasiin. Mene Hostal Kasaan. Paikkaa pitää vanhempi herrasmies. Tutustu häneen. Älä ole hyökkäävä. Viivy siellä jonkin aikaa, vähintään yksi viikko. Nauti elämästä äläkä murehdi asioista. Kun olet lähdössä, sano herrasmiehelle, että Billy pyysi tilaamaan taksin."

Kättelemme Billyn kanssa, ja kivi putoaa sydämeltäni. Suuntaan takaisin Puerto Ricoon ja pakkaan tavarat. Matkustan kohti viimeistä etappia Billyn ohjeiden mukaan.

LAS PALMAS

Saavun Hostal Kasaan. Lentäjäntakin rintataskussa pullottavan neljänkymmenentuhannen voi tulkita provosoivaksi sen kuitenkin ollessa rauhanomaisen korttipelin tulos. Emme voi olettaa heidän ymmärtävän, tietävän tai edes olevan kiinnostuneita tulokseen johtaneista moraalisista valinnoista, kaiken mielekkyyden kyseenalaistamisesta ja satunnaistapahtumien ketjusta. Toivon etten ole suututtanut ketään. Haluan hyviä asioita tapahtuvaksi.

Vastaanottomies: "Tervetuloa, herramies! Haluatteko ikkunallisen huoneen, johon kuuluu hiukan enemmän ääniä kadulta ja naapurista. Vai ikkunattoman huoneen, joka on hiljaisempi?", hyväntuulinen vahtimestari juttelee.
Minä: "Huone ikkunalla, kiitos. Olen kyllästynyt elämään varjoissa."
Vastaanottomies: "Olette pukeutuneet hienosti. Oletteko menossa Kasinolle?"
Minä: "Uhkapelien aika on ohi."
Vastaanottomies: "Niinpä. Mitä suunnitelmia Teillä on?"
Minä: "Olen 13 päivää vedessä ja sitten nousen maalle."
Vastaanottovirkailija: "Milloin aloitatte vedessä olemisen?"
Minä: "Kymmenen minuutin kuluttua."
Vastaanottomies: "Tässä avaimet. Nauttikaa!"
Minä: "Kiitos!"

Juoksen huoneeseen. Heitän lentäjäntakin naulakkoon ja riisun kaikki vaatteet pois niin nopeasti kuin mahdollista. Laitan tilalle sortsit, otan laudan kainaloon ja lähden pikaisesti kadulle. Juoksen kohti Las Canterasin rantaa. Aallot

98

lyövät tänään voimakkaasti. Aion taistella niitä vastaan pari viikkoa.

TENNISKENGÄT

Olen viettänyt 13 päivää vedessä. Olen rentoutuneempi kuin aikoihin. On aika lähteä. Käytävällä on hiljaista, eikä muita ihmisiä näy.

"Huomenta!", huudan.
Vastaanottomies: "Huomenta. Miltä tuntui viettää viikko vedessä?"
Minä: "Virkistävältä. Billyltä terveisiä."
Vastaanottomies: "Kiitos! Et kertonutkaan, että tunnet hänet."
Minä: "Tunnen. Billy käski tilata taksin."

Mies katsoo hetken minua ja nyökkää ymmärtävästi. Tietty normisto, joka hiljaisuudessa hyväksytään. Se normisto on luotu itse tarkoituksen vuoksi, eikä sitä ole syytä ruveta rikkomaan. Se, miksi sellainen on aikoinaan luotu, tulee selville, jos tulee. Haluan jutella hänen kanssaan muutaman sanan muista aiheista. Olen viikon aikana kiinnittänyt huomioni erikoiseen tapaan, joka hänellä on aamuisin. Hän on joka aamu saapunut vapauttamaan toisen työntekijän vastaanotosta noin klo 8 jalassaan tenniskengät. Tunnin istuttuaan hän poistuu jonkinlaiseen taloudenhoitohuoneeseen ja palaa sieltä muutamassa minuutissa aamutossut ja kiiltävä silkkinen takki päällä. Noin klo 10 hän käy taas vaihtamassa vaatetuksen alkuperäiseen.

Minä: "Saanko kysyä, miksi vaihdat asuasi joka aamu?"
Vastaanottomies: "Noh, nyt kun kerran kysyit, niin voin kertoa. Olen pyörittänyt tätä paikkaa parikymmentä vuotta, ja

100

minulle on muodostunut tietty tapa. Menen tuonne kodin-hoitohuoneeseen ja poltan Kanarian vahvinta kannabista. Sen jälkeen palaan vastaanottoon. Noin 9–10 välisen ajan olen erittäin päihtyneessä tilassa. Asun vaihto liittyy fantasiaan, jossa pelaan tennistä silkkitakki päällä itseäni vastaan. Hän on yllättävän hyvä. Olen luonut bisneksen, jossa voin työs-kennellä huumaantuneena tuon itselleni omistamani tunnin aikana."

Minä: "Kova filosofia. Yrittämiseen liittyy lähtökohtaisesti stressiä ja jopa sotilaallisen tarkkaa työskentelyä. Olet kään-tänyt päälaelleen sen ajatuksen. Miten bisnes pyörii talou-dellisesti?"

Hostellinpitäjä: "Hyvin. Asiakkaita riittää. En juuri maksa veroja. Kaikki maksut, joita saan käteisellä, niin kuin sinul-takin, laitan omaan taskuuni. Siitä saa mukavasti käyttöra-haa, ja muun ylimääräisen käteisen rahan pesen kasinolla tuttavani kautta. Töitä teen korkeintaan seitsemän tuntia päi-vässä, ja työntekijöilleni maksan alhaista palkkaa. Yksi työn-tekijöistäni pyysi palkankorotusta viime vuonna. Kuristin häntä tuossa tiskillä voimakkaasti, ja hän perui pyyntönsä. Juoksevia kuluja minulla ei hirveästi ole. Olen tässä vuok-ralla, ja tein aikoinaan indeksivapaan vuokrasopimuksen 40 vuodeksi. Toimitilan omisti taloudelliseen katastrofiin ajautu-nut kiinteistösijoittaja. En suostunut ostamaan tätä vaan maksan samaa vuokrasummaa, joka määriteltiin 40 vuotta sitten. Mitään vakuutuksia minulla ei ole. Vaihdan maise-maa, jos jotain tapahtuu. Virallisesti yritykseni tuottaa jon-kun verran tappiota vuosittain. Sen vuoksi saan takautuvia verohelpotuksia ja muita taloudellisia kevennyksiä. Poliisille tarjoan viikonloppuisin ilmaisia huoneita vastapalvelukseksi välinpitämättömyydestä talousrikoksiani kohtaan. Omistan noin sadan neliön asunnon tuosta parin sadan metrin päästä. Siellä harjoitan pienimuotoista prostituutiota edellämainit-

tuja bisnesoppeja mukaillen. Tällä logiikalla, jonka sinulle kerroin, kaiken kaikkiaan rahaa tulee paljon enemmän kuin sitä menee. Bisneksen voisi siis sanoa olevan plusvoittoista."
Minä: "Siltä kuulostaa. Toivotan sinulle onnea jatkossakin. Lähden nyt käymään kaupungilla. Taksi siis tulee kello 15, niin kuin oli sovittu?"
Hostellinpitäjä: "Kyllä. Oli ilo jutella kanssasi. Uskon, että taksimatka kertoo sinulle paljon."
Minä: "Ai uskot niin. Hyvää jatkoa Teille."

SININEN ON TAIVAS

Kello on kolme, kun odotan pihalla taksia. Matkatavaroita on paljon. Tien viereen on pysäköity musta limusiini. Limusiinin ovi aukeaa ja ulos astuu mies kävelykepin kanssa. Caesar. Luonnollisesti.

Caesar: "Tervehdys. Hyppää kyytiin, niin lähdetään lentokentälle."
Minä: "En olisi uskonut näkeväni Teitä enää koskaan, mutta kiitos. Mennään vaan."

Astun takapenkille kuskin taakse Caesarin viereen. Asetan Katanan viereeni.

Minä: "Tässä tämä Katana-miekka. Haluan palauttaa sen sinulle."
Caesar: "Joko helpottaa? Olitte hieman kiihtyneessä tilassa, kun viimeksi tapasimme."
Minä: "Noh, kukapa ei. Tiedät, että asiat jäivät osaltani kesken. Kävin Billyn luona. Sen jälkeen olen viettänyt Las Palmasissa kaksi viikkoa."
Caesar: "Teillä nuoremmilla on tapana olla hieman kärsimättömiä asioiden suhteen. Millainen keli siellä on? Sinne minne lennättekin."
Minä: "Kylmempää kuin täällä."
Caesar: "Oletko kuullut sanontaa, että ei kannata lähteä merta edemmäs kalaan?"
Minä: "Teillä on tapana keskustella metaforien kautta. "
Caesar: "Jotkut mysteerit ovat tarkoitettu selvittämättömiksi, jotkut taas eivät. Täällä kerta kaikkiaan tapahtuu kummal-

103

lisia asioita. Näin se on mennyt jo vuosisatoja, ja tulee aina menemään. Epätodennäköisimmän tutkintalinjan noudattaminen ja siihen uskominen vaatii paljon. Jos joku haluaa kadota, hänen päätöstään pitää kunnioittaa."

Minä: "Totta kai pitää, mutta koska omaehtoisuudesta ei ole minkäänlaista varmuutta, on kysymys epäoleellinen ja asetelma muuttuu dominopalikoiden tanssiksi. Omaehtoinen katoaminen on vain yksi lukemattomista tutkintalinjoista, jonka todenperäisyydestä ei ole tietoa."

Caesar: "Eikö jo kannattaisi antaa olla?"

Minä: "Olin valmis lopettamaan, mutta Te aloititte jälleen jankuttamisen."

Caesar: "Ajattele pitkää dominopalikoiden sarjaa, jossa kaatuva palikka osuu toiseen, kaataa toisen ja niin edelleen. Dominopalikoita on kaatunut hyvin paljon. Onko niin, että juuri ennen viimeisiä palikoita jono pysähtyy ja koko aiempi jono menettää merkityksensä? Vaikka viimeiset tai viimeinen palikka jäisivät pystyyn, olet saanut nähdä jonon kaatuvan. Eikö sillä ole merkitystä? Olet nähnyt sen matkan, vaikka et päässyt määränpäähän."

Minä: "Kiitos näistä sanoista. Jatkoajalle mentiin, mutta se hävittiin. Vain muutaman palikka jäi pystyyn. Voihan olla, että olen kaatanut vain muutaman palikan loputtomassa dominopalikoiden avaruudessa."

Auto on juuri saapumassa lentokentän A-terminaalin lähtöaulan eteen.

Caesar: "Kuulkaas. Riippumatta siitä, mitä mieltä olet tarkoituksenmukaisuudesta, olisitteko ansainneet mielestänne ratkaisun?"

Minä: "Mielestäni en, koska en yrittänyt riittävän kovaa."

Nousen autosta, otan tavarat ulos ja meinaan sanoa hyvästit Caesarille. Hän istuu autossa ikkuna auki.

Caesar: "Minulla on vielä yksi juttu sinulle. Olen sitä mieltä, että sinun kuuluisi saada nähdä viimeisen palikan kaatuvan. Pyydän sinua sanomaan päivää autonkuljettajalle. Te ette ole vielä tavanneet."

Etupenkin musta lasi laskeutuu ja tutut kasvot alkavat erottua.

Kirjailija: "Olen seurannut tätä monta vuotta. Lähentelee hulluutta, mutta kaunista."
Minä: "Kiitos. Otan tämän kohteliaisuutena."
Kirjailija: "Haluatko kertoa jotain syntyprosessista?"
Minä: "Sille olkoon oma paikkansa meidän kesken."
Kirjailija: "Miten meinaat jatkaa?"
Minä: "Ehkä lopetan huipulla. En usko, että pystyn enää tuottamaan näin korkeatasoista taidetta. Esikoiskirjailijalta uuden kirjallisuuden muodon luominen ja Finlandia-palkinnon saavuttaminen vaati maanista omistautumista oikeiden töiden ohessa. Elämässä on paljon muutakin, johon suhtautua intohimolla."
Kirjailija: "Toisaalta Appetite For Destructionin jälkeenkin tuli hyvää musiikkia."
Minä: "Sekin on totta. Juuri nyt sydämeni vaatii lisää. Vuosi sitten, kun aloitin viimeistelyprosessin, asia ei ollut niin."
Kirjailija: "Et vielä tiedä, miten tämä päättyy."
Minä: "En tietenkään. Tämä kaikki olisi päättynyt aikoja sitten, jos tietäisin. Toimin ainoastaan viestinvälittäjänä."
Kirjailija: "Rakastan sinua."
Minä: "Minäkin sinua. Jätetään kuitenkin muodollisuudet tältä erää."
Kirjailija: "Meinaatko nojailla pitkäänkin limusiinin kyydissä vai nousetko yksityiskoneen kyytiin, jonka Caesar järjesti sinulle? Kapteeni odottaa. Katso tuonne!"

Käännyn ympäri. Lentäjätakkiin pukeutunut mies hymyilee ja lyö käden lippaan.

Samppa Huominen: "Tervetuloa New Yorkin lennolle!"

Uskomatonta. Lahden toisella puolella tarvitaan minua. Jumala päättää. Minä harkitsen.